黃金穀進行曲

何元亨——著

目次

我寫故我在

文字記錄我的生活，傳達不同的故事和想法。這本書收錄我近年來的散文。

散文的題材，大部分是我真實的生活體驗，寫作可以抒發個人的情感，重新檢視自己的人生。有些題材是聽說的，記錄別人的生命故事。小兒子為了追逐籃球夢，遠赴離家七十公里的國中就讀，記得第一次開車送他回宿舍，他堅持只能送到校門口，並告訴我「送到這裡就好」，人生旅程總要面對許多生離死別的場面，真的有許多時候如原書名《送到這裡就好》。我寫自己和孩子的成長，寫父母和妻子，寫社會運動，寫國家認同的問題，都涵蓋送別的意涵，比較遺憾的是死別，那是最後一次送別。希望讀者可以轉換閱讀的角度，從文章中去體會我的想法。

人生已過半，我要留下無數的文字，或許僅能留下生活紀錄，或許也能留下我這世代的歷史。透過文字的傳達，期望與讀者產生共鳴。

何元亨　寫於三重埔

五月天

搖滾樂團五月天說：「我們一開始的夢想都很小，慢慢累積了許多小小的成功，成功就好像滾雪球，越滾越大。」五月天，五個熱愛音樂的年輕人，不僅在華人社會捲起音樂熱潮，也風靡了全世界。

二十年前，當他們都還是高中生時，利用課餘時間打工存錢，買了吉他等樂器，組成五月天的前身「So Band」樂團，利用社團及課餘時間練習。高中畢業後，雖然他們就讀不同的大學，但總會約定共同的時間擠在小房間裡練習，一不小心，鼓棒就會和吉他互相碰撞。他們辛苦的練習，只為了爭取每一次上臺表演的機會。

有一年的冬天，他們要到山上的一所大學表演，騎著載滿樂器的機車，頂著冷颼颼的風，吃力的往山上爬，花了好久的時間才到達。除了校園演出外，他們還發現有一家瀕臨倒閉的餐廳，於是向老闆提議免費現場演唱，甚至幫忙裝潢及設計舞臺，目的就是要有個地方可以表演。他們努力創造自己的舞臺，不管地點多偏遠，環境多困難，都一定會好好把握。

有一次，他們報名參加「野台開唱」的活動，經過團員商量後，決定將樂團更名為「五月天」。參加野台開唱後，為了追逐發行專輯的夢想，他們開始錄製試聽帶，寄給各唱片公司，順利的發行第一張專輯，讓更多人聽見他們的歌聲，也踏出成功的第一步。

五月天從發行的第一張專輯到現在，所有的詞曲都由團員一起創作，也融合每個人不同的意見，每首歌的詞曲都經過無數次的修改才能完成。因此，他們所唱的每首歌，都可以讓歌迷輕易的朗朗上口，受到歌迷的喜愛。

第一張專輯發行後不久，五月天舉辦了第一次大型的演唱會，吸引許多的歌迷參加。從此以後，五月天的演唱會，參加的人數越來越多，不斷創造臺灣樂壇空前的紀錄，也曾經在北京鳥巢體育館，締造兩場二十萬人爆滿的紀錄。五月天跨出華人社會後，在世界各大城市所舉辦的巡迴演唱會，也吸引許多外國歌迷共襄盛舉。

五月天的音樂夢，從校園的小角落出發，一步一腳印，終於成功的站上國際舞臺。他們在追求夢想的路上辛勤耕耘，永不放棄，也成為所有人實踐夢想的楷模。

巨大風火輪

巨大集團董事長劉金標，用他一生的心血，打造頂級自行車國際品牌——Giant捷安特，成為全球營收最高、經營績效最佳的自行車廠。

創業前，劉金標曾經投資過罐頭、麵粉、螺絲釘、碳酸鈣、木材、汽車貨運等事業，但成績都不盡理想。後來，在海邊養殖鰻魚，即將收成前夕，卻因颱風侵襲，使得鰻魚大量流失，損失慘重。最後，靠朋友提供的資金，讓他繼續養殖鰻魚，慢慢累積創業的資本。

西元一九七二年，劉金標和朋友聚餐時，討論到美國正大力推廣自行車運動，並將五月訂為自行車月，自行車市場需求量大，外銷狀況也不錯。於是，他們共同募集創業資金，在臺中大甲成立「巨大機械工業公司」。公司成立初期，由他擔任董事長兼總經理，以自行車代工為主，但創業前四年，沒有訂單也沒有出貨，創業資金很快就歸零了，他到處向銀行貸款，卻被銀行以沒有訂單和客戶為由拒絕。還好，他的姊姊適時伸出援手，也分別從日本和美國爭取到第一批代工訂單，雖然只有三百臺，卻能讓公司起死回生。

從此以後，劉金標就接到許多訂單，讓公司的營運相當順利。有一次，委託他代工的美國客戶臨時取消訂單的情況下，為了讓公司永續生存，不得不改變經營策略，全力發展自創品牌Giant。他會取這個名字，是因為一開始就決定開拓外銷市場，經過好幾年的創新與研發，Giant成為世界三大自行車品牌之一，也扭轉臺灣貨低品質的刻板印象。

站穩全球市場後，劉金標開始提倡自行車全民運動並身體力行。因此，在七十三歲那年，他第一次騎自行車環島旅行，也看到許多人享受踩踏風火輪的樂趣。於是，他決定在全國各大風景區地建立旅遊據點，宣導單車旅行的休閒活動。巨大集團也和臺北市政府合作，推出公共自行車Ubike，提供自行車甲地借乙地還的租賃服務，做為大眾運輸系統的接駁工具。現在，臺灣各城市陸續推出Ubike，不但達到環保與節能的目的，也創造全新的城市通勤文化。

劉金標從事自行車產業四十幾年，把屬於製造業的自行車，成功的轉型成休閒、運動及運輸服務，也讓臺灣成為名符其實的自行車王國。

雙塔單車行

國慶日前的午夜，微風徐徐，星光熠熠。我們各自託運單車，也開車共乘到臺灣最北端的富貴角燈塔。挑戰在一天內，騎到最南端的鵝鑾鼻燈塔，慶祝我們的國家生日快樂。

午夜裡的富貴角燈塔，旋轉的光束，探照在漆黑的海面上，偶爾可見零星的燈光在海上浮沉，那是準備回航的漁船。靠近低矮的圍牆邊，我們踮起腳尖，依稀可見六角樓造型的燈塔旁，也有幾幢房舍，微弱的燈光映照著燈塔，可以看見牆面有黑白相間的條紋，北風呼呼的吹著，浪花不斷的拍擊海岸，如同一首動人的樂曲。

我們在通往燈塔的山路邊合照後，跨上車立刻出發。車隊摸黑前進，靠著車把手前的小燈，還有昏黃的月光，照亮前方的道路。我看著前車閃爍的後燈，伴隨風吹樹葉的沙沙聲，齒輪的嘎嘎聲，雙腳不斷的踩踏，跟著車隊向前行。時間在轉動的車輪間流逝，灰黑的天空，漸漸露出魚肚白，陽光灑落滿地金黃。

清晨，我們關掉車燈，飛快踩著單車的影子前進，沿路盡是翠綠的田野，清新的空氣。我們騎過大安溪，來到大甲街上，停靠在一家早餐店休息，順便享用熱騰騰的芋頭糕和米粉湯。吃過早餐後，每個人的精神抖擻，整裝後再度踏上旅途。

和煦的陽光稍稍減緩寒意，涼爽的風迎面吹來，騎起車來更加輕鬆愉快。經過西螺大橋後，到目的地的路程已過一半，也接近中午時分，簡單的填飽肚子後，我們一刻也不鬆懈，奮力的向前進。騎過嘉南平原，公路兩側一望無際的農田，綠油油的水稻迎風搖曳，上下起伏，彷彿也在為我們加油打氣。

橘紅色的晚霞高掛天空，車隊進入臺南市區，也看見安平古堡的路標，順道品嘗蚵仔煎和蝦捲，檢查輪胎及其他裝備。天色漸漸昏暗，我們再度跨上車，打開車燈。這時候，我的臂膀、雙腳和臀部又痠又麻，咬緊牙根繼續騎，越接近目的地，我們的心情越亢奮。經過一段時間後，車隊經過大鵬灣，墾丁就在不遠的前方。

星光點點的天空籠罩大地，車隊穿過墾丁大街，我們全力向前衝刺，早已忘記雙腳的痛楚。不久後，便看見一道強大的光束，我們開心的歡呼：鵝鑾鼻到了！走近燈塔的圍牆邊，圓柱體的白色燈塔，鑲嵌幾個小窗戶，像一座神祕的城堡。光束的下方是一個車輪造型的平臺，在藍色的星空下更顯耀眼。

從北到南，一路奔馳，不僅跟時間賽跑，也和風競速，終於完成「一日雙塔」的目標。我們停好車，走到海岸旁，傾聽浪花拍擊海岸的聲音，最後，在圍牆外的草地合照，並且大聲的說：生日快樂！接近午夜的鵝鑾鼻燈塔，真是一幅美麗的圖畫。

小小方寸看臺灣

星期天早上，外公拿出一疊舊信封，那是當年一起在金門服兵役的朋友，寫給他的信。外公最喜歡貼著臺灣風景的郵票，也曾經去過郵票上的景點，並且拍了許多相片，我們一起欣賞郵票及相片上的景物。

外公問我有沒有寫過信？我搖搖頭說：「現在都用Facebook、Line來聯絡，速度比寫信快多了。」外公抽出一封貼著臺東成功海岸的石雨傘郵票，老花眼鏡都快滑到鼻頭了，右手拿著放大鏡，仔細的端詳相片和郵票上畫的景物。我在想畫家畫這張郵票時，應該是站在海邊向遠處眺望，翠綠的山和大海盡頭連成一線，岸邊的岩石排成一列，綿延向海。外公看著郵票，泛起絲絲笑意，不斷的說著一模一樣……

「哇！高雄田寮月世界這張令我印象深刻，光禿禿的山谷形成許多的皺褶，而且是灰白色的泥土，像極了月球表面。」外公略帶驚訝的表情。

他說相片的景物對照郵票上的圖案有些不同，山腳下的樹木較稀疏，一撮撮的青草點綴著黃土。外公說山谷的泥土，只要用手輕輕壓就會變成粉砂礫，和農田裡的泥土截然不同。

看著外公一封一封的檢查，不知下一封的郵票是哪個景點？他停下來，開心的說：「你看，這是彰化市區八卦山的大佛！」在山腳下，就能夠看到山腰處的大佛，當時，可是亞洲第一大佛呢！看過大佛後，繼續登高，便可以從山頂上俯瞰市區及彰化平原。

我接著問：「外公，接下來我們要去哪裡？」

外公呵呵笑，拍拍我的肩說：「我帶你去南投鹿谷的溪頭看看。」

外公給我看溪頭大學池的郵票，他說到大學池前，會先去走森林步道，眼前都是直入雲霄的樹木，空氣清新帶點草香，沁涼的風吹過來，真是舒服啊！走到大學池旁，一眼就看見池中有孟宗竹做的拱橋。他說走過拱橋時，橋有點晃動，還會發出咿咿呀呀的聲音，真的很有趣。

接著抽出貼上宜蘭五結冬山河郵票的信給我看，他說冬山河兩岸種滿草皮，錯落的樹木迎風搖曳，河水很清澈，還有一座跨越河面的紅色鐵拱橋。有些遊客坐在岸邊的草地上，開心的聊天；有些遊客在岸邊的自行車道，悠閒的騎車。

外公娓娓訴說風景郵票的體驗，他的手中還有許多信封，還有好多好多方寸間的美麗，我靜靜傾聽外公豐富的旅遊點滴。聽完後，覺得意猶未盡，我拜託外公，等放寒假時，帶我去郵票上的景點旅遊，看看不同的風景。

客家莊

上週末，爸爸開車載我們回外婆家。離開交流道後，沿著火炎山旁的公路緩緩前進，再繞進蜿蜒的鄉間小徑，綠油油的水稻迎風搖曳，彷彿上下起伏的波浪。過了一會兒，就到達外婆家的三合院。

外婆穿著藍布衫，包著花布頭巾，在庭院的角落整理掛在竹竿上的福菜，她過頭對著我們微笑。我一下車，迫不及待的擁抱外婆，她身上散發淡淡的清香，那是我小時候熟悉的樟腦油味道。外婆牽著我進屋裡，她的手掌很粗糙，布滿大小不一的繭。

進客廳後，我們才剛坐下來，外婆便拿出她做的「粄」給我們當點心。媽媽用流利的客家話和外婆交談，我偶爾也會接上幾句。外婆常說：「寧賣祖宗田，莫忘祖宗言。」她希望我趕快學會流利的客家話，讓這項偉大的無形財產能一代傳一代。

不一會兒，媽媽和外婆在廚房準備午餐，我和爸爸也幫忙端菜。餐桌上擺滿濃濃的客家味：梅干扣肉、薑絲大腸、客家小炒、白斬雞、九層塔炒茄子、五花肉福菜湯。每一道都是外婆的拿手菜，也是傳統的客家菜。我最喜歡吃白斬雞沾桔醬，酸酸甜甜的桔醬，更能襯托出雞肉的鹹香味。每道菜幾乎都被我們一掃而空，。吃完飯後，外婆端出醃梅子讓我們解解膩。

下午，外婆帶我們去義民廟拜拜。走出三合院，便能看見外婆的菜園種滿各式各樣的青菜：空心菜、高麗菜、蘿蔔，還有其他不知名的菜。順著產業道路走，在廣闊翠綠的田野中，可以看見錯落的三合院和樓房。一路上，蟲鳴鳥叫在耳邊環繞，空氣清新甜美，我們的笑聲此起彼落。

走了一段路，便看見義民廟，廟旁的榕樹下，有一群老人家在那裡閒聊。外婆和他們打過招呼後，慢慢的走到廟前。廟門上方掛著「耕讀傳家」的匾額，外婆娓娓訴說祖先到這裡開墾的辛酸，也期望我們傳承客家人的「硬頸」精神。看著外婆臉上被歲月刻畫的皺紋，凹陷的眼眶泛著淚光，我可以感受她內心的激動。

回到外婆家，我們準備告別，外婆趕忙到菜園摘了許多菜，把後車箱全塞滿了。當汽車漸漸遠離，外婆仍向我們揮著手，直到那襲藍布衫越來越模糊，我們才依依不捨的踏上歸途。

我喜歡外婆的拿手菜，也喜歡外婆住的客家庄，更喜歡那裡的恬靜與自在。

鯉魚潭的青春

周末下午，我開車沿著大安溪旁的道路緩緩前進，穿過高速公路下方，繞著蜿蜒的鄉間小路，新山線鐵路高架橋橫在路中間，連接兩座山。再往鯉魚潭水庫的方向前進，會經過二十幾年前服務過的鯉魚國小，這裡有我塵封的美好回憶。

當時，我住學校宿舍，放學後，總會有阿兵哥到籃球場來打籃球。記得有一天，阿兵哥邀我到營區吃晚餐，沿著司令臺後方的小路必須經過崗哨，才能進入營區。所謂營區只是一間坐落在舊山線鐵路旁的平房，鐵路緊鄰著山壁，不遠處有一個隧道口，當我凝視隧道內的漆黑時，便聽到「空隆空隆」的聲音，一束強光從隧道內竄出，剎那間，火車在我面前疾駛而過。

學校裡的孩子純真善良，大部分都是客家人，我雖只有一半的客家血統，但感覺親切如家人。記得，孩子只比我小十歲，孩子喊我老師，但我感覺比較像大哥哥般，把孩子當自己弟妹看待，和他們一起玩一起讀書。那時候的星期三下午還得上一節課，偶爾，我會在午餐後，帶著全班的孩子，走一段山路到龍騰斷橋。我們走得氣喘吁吁，滿頭大汗的直喊累，重新體驗一下我小時候遠足的感覺。

我一直以為班上的孩子下課時會用客家話交談，出乎意料之外，大部分說著流利的國語和閩南語，印象中有一對姊妹，每當不想讓人聽懂他們的祕密時，就會以客家話交談。我常鼓勵孩子要常常說客家話，即便我聽不懂，我也喜歡聽客家話的輕柔呢喃。

夜裡，偶爾會聽到如廟會放大龍炮的聲音，我猜想應是炸藥聲，那時候鯉魚潭水庫正在施工，必須靠炸藥炸掉山頭。曾經，利用家庭訪問的機會，騎著機車載一個孩子回家，孩子的家在山腰，山路有點陡峭，引擎嘈雜的聲音劃破寂靜的樹林，我騎了好久，心想到了晚上，這段山路應該更令人毛骨悚然吧。

孩子的家是三合院，院子裡堆放些農具，雞鴨在院子裡散步，一隻黑狗望著我狂吠，又邊搖著尾巴迎接主人。住在這裡，真的是世外桃源：滿眼翠綠，空氣清新甜美，蟲鳴鳥叫在耳邊環繞。不過，孩子說等水庫蓋好就得搬家了，因為水庫的水會淹沒她的家。

當時，我很難想像家園被淹沒的樣子，現在，我站在鯉魚潭水庫的觀景臺上遠眺：群山環繞，水面波光粼粼倒映著山的翠綠，我終於能體會了！

駐足在觀景臺上，遊客看的是美景；我看的是青春。

大姐頭班長

小學六年級時，我是班長也是許多人的偶像。不單是班上的女生喜歡我，連男生也非常喜歡我。在選舉班長的時候，幾乎全班都投給我了。

班上的同學，有許多人和我住在同一個村莊，每天一早，他們都會邀我一起上學，我只要在家裡邊吃早餐邊等待。出門前，媽媽總把我打扮得漂漂亮亮的，特別綁起兩條麻花捲似的辮子，那是我最喜歡的造型。沿路，我們邊走路邊討論到學校之後，要玩些什麼遊戲；男生總喜歡玩躲避球，女生愛玩紅綠燈。當然，有時候也會稍微討論習作上的問題。

到了學校後，我和衛生組長便得開始叮嚀掃地工作：有人負責外掃區，有人負責辦公室，有人負責教室內。每個人各司其職，負責自己的工作。有時遇到遲到或請假的同學，我還得調整人力，讓班上負責的環境區域，能夠確實的打掃乾淨。通常，老師每天都會在我們打掃過後，巡視過一遍，也都會稱讚班上同學很認真。當然，也會順便稱讚班長很稱職，要大家好好向我學習。每天到學校，都會聽到老師對我的讚美，也會感受到其他同學崇拜的眼光。這是我喜歡上學的主要原因。

在學校，幾乎沒有什麼課程難得倒我的，我會畫圖會唱歌，國語、數學、自然和社會都是我的專長，唯一讓我覺得困擾的是體育課，尤其是老師喜歡上躲避球，一點都不好玩：我在外場時，同隊的每個男生一拿到球喜歡傳球給我，偏偏我力氣又不大，無法順利攻擊到對方，每次球一脫手，便落入對方的手上。等我回到內場，對方男生拿到球，又不敢攻擊我，就算球不長眼，不小心打到我，也會很緊張的跟我說對不起。

上自然課時，老師要分組，每個人都搶著要跟我同一組，最後，我不得不讓許多人失望，只能選擇我在班上鄰近座位的同學同一組。這樣的情形，只要遇到分組，都會發生。後來，有些同學跟我說，希望可以用輪流的方式跟我同組。我想想也對，要讓更多同學擁有「我」，這樣才公平些。

放學前的掃地時間，總會有同學預約要跟我回家一起寫功課，因為遇到不會寫的習作，可以參考我寫的答案。排路隊時間一到，要跟我回家的同學主動排在我後面：有的人幫我拿書包，有的人幫我提便當袋。導護老師宣布路隊開始行進，我們便開心的走出校門，遇到路口的導護老師和導護媽媽，我都會喊口令一、二、三，大家異口同聲的說：「導護老師再見，導護媽媽再見。」

回家的路上，偶爾會碰到幾隻流浪狗，男生很調皮，喜歡追著狗跑，女生就溫柔多了，輕輕的撫摸狗的頭部和身體。為了準時趕回家寫功課，我總會大叫他們別玩了，快點跟我回家。回家後，我們就在客廳裡寫功課，跟在學校一樣，我負責安排每個人的座位，媽媽會先給大家先吃點心：有時吃麵包，有時喝綠豆湯，有時吃包子。每天都會有不同的點心吃，回家前，我們都會猜今天點心要吃什麼？寫完回家功課後，我們在庭院裡玩，大概也是玩紅綠燈之類的遊戲，因為我討厭躲避球，所以家裡並沒有球可以玩。一直到天色昏暗，媽媽便會扯開熱情的嗓門，要大家進屋裡吃晚餐。媽媽每端上一盤菜，大家就「哇……」連續哇了好幾聲，一下子盤子就見底了，每個人都稱讚媽媽煮的菜美味可口，媽媽也笑得很開心。

這段歡笑的少女時代，是我最懷念的日子，我讓每個人圍繞著，讓每個人捧在手掌心。直到現在，偶爾想起，我都會漾起淺淺的笑容。

親親寶貝「盧曉曉」

我是當爸爸後，才學會如何當爸爸的。

從妻懷第二胎開始，我不再有第一胎的興奮與激動，只有未來的擔心與苦惱。因為有帶過老大痛苦的經驗，對於老二的出世，我總是懷抱著戒慎恐懼的心情來面對。

老二出世後，果真如我所料！在醫院的嬰兒室，我在開放的時間便急著去探視，只發現好多的嬰兒乖乖的躺在嬰兒車裡睡覺，我的兒子哭個不停。忍耐了許久，我鼓起勇氣按了對講機，嬰兒室的護士小姐跑過來接電話，我告訴她：小姐，你幫我看看我的兒子怎麼不停的哭啊？小姐翻翻孩子，冷冷的說：爸爸，那是正常的，不必緊張！言下之意，似乎在笑我沒當過爸爸一樣：窮緊張。不過，我倒是擔心不已，老二會不會比老大更難帶呢？

將老二從醫院接回家後，岳母到家裡幫妻坐月子，帶小孩。每到夜晚，岳母回家後，照顧小孩的重任便落在我的身上。妻的體力還沒有完全恢復，我也捨不得讓她太過勞累。其實，幫孩子洗澡、包尿布、泡牛奶等瑣事，對我而言是稀鬆平常。我最怕孩子沒有理由且不斷的哭鬧，孩子哭鬧的原因不外乎是尿布濕了、肚子餓了、脹氣、沒洗澡或身體不舒服等。當這些原因都排除後，孩子依然不停的哭鬧，那真是很可怕的一件事。

老二滿月後，交由岳母帶回家照顧，我與妻只在下班後到岳母家探視，暫時省去被半夜的哭聲吵醒的惡夢。等到孩子四個月後，我與妻商請岳母白天到家中照顧孩子，晚上則由我們夫妻照顧。每天下班後，拖著疲憊的身軀，開始迎接夜晚的挑戰，孩子比較能分清晝夜的規律變化，每天總要玩到晚上十一、二點，才能哄孩子睡覺，有時，才剛睡著便被一點小聲音吵醒，然後在短時間內便睡不著，我們還得輪流睡，不過，因為我對睡眠情境要求較嚴格，通常得等孩子睡著，我才有辦法入睡。

等孩子稍大，開始學習大人世界的行為和語言。只記得孩子學習岳父抽煙、嚼檳榔的樣子，甚至還學習叔公罵髒話的聲音，剛開始我們並不以為意，也覺得好玩。直到有一次，孩子因高燒吃了小診所的退燒藥後，體溫急速下降，轉到新光醫院掛急診，當護士小姐準備替孩子打針，針刺入孩子肌肉一剎那，孩子脫口而出一聲「幹」，護士小姐當場臉色大變，不知如何是好？我們也尷尬的低頭，向護士小姐道歉。有過這次的經驗後，我們開始要求孩子不得罵髒話，但無法立即有效的要求改變他的行為。曾經，老二跟老大玩遊戲時，老二只要生氣，便會以髒話回敬老大，老大因具有崇高的道德感，往往被氣得暗自啜泣。我與妻的同事，常常懷疑二個孩子是否真是親兄弟？同事常說我的老大像是紳士，老二像是社會人士，氣質截然不同。

孩子兩歲半時，正逢學校放暑假，岳母因要照顧年邁的婆婆，我與妻商量將孩子送至幼稚園幼幼班就讀，剛開始由老大伴讀二個星期，老二便可獨立到幼稚園就讀，偶爾也會哭鬧不想上學，但總被我與妻的堅持打敗。老二讀幼稚園後，最大的效果是改掉罵髒話的習慣。我對老二總有一份歉疚，看他那麼小就得過團體生活，內心實在有些不捨。也因為如此，我較溺愛他，也盡量滿足他物質的要求。在家裡，老二其實是家中的大王，只要他想要的，誰都得讓他。他似乎也抓住我的歉疚，只要是哥哥想玩的玩具，他都要霸佔，只要他一哭，哥哥就會被我們指責，因此，他會以哭作為武器，更會在我面前誇大其詞；明明哥哥只是摸摸他的頭，他會說成哥哥用力敲他的頭，然後一把眼淚一把鼻涕的告狀，逼得我必須站在他這一邊，當場罵哥哥給他看。類似的情形不斷循環的發生，但是老大還是會向我抗議，逼得我必須在虛偽的歉疚感與大是大非之間作抉擇。這陣子，我嘗試做一個公正的父親，減弱老二霸道的心態，但無法削弱他霸道的行為。

老二有個平凡的名字「何柏勳」，我與妻及同事們給他一個俏皮的外號「盧曉曉」。

送到這裡就好

送你離家七十公里遠的國中打籃球，籃球曾經是你的最愛，從小，你為了打籃球，我必須每天一早載你到離家約六公里的小學讀書。你總天真的說：有一天要打ＨＢＬ，要在電視上讓我看到你精采的表現。你自信滿滿，特別在球場上，總會積極的要球上籃或外線投射。球隊贏球，你開心得又叫又跳，球隊輸球，你悶不吭聲，愛把輸球的責任往身上攬。我總說球隊有五個人，不論贏球或輸球，五個人都有責任。

小學畢業後，你選擇家附近的國中體育班，繼續打籃球。剛讀國一時，你有太多的問題，暫時忘不了你小學時代是明星球員的光環，你忘了各小學的籃球菁英都來到這個大家庭。比身高，你矮了些，比速度，你慢了點。唯一比其他人好的，就是你的心臟夠大顆，上場比賽時，興奮比緊張多一些，這是你成為好球員的條件之一。

在隊上，你有點調皮，愛作弄人，我知道那不是你故意的，你只是大剌剌的不拘小節，外人無法接受你的真實樣子。只有我、媽媽和哥哥知道你就是這樣，我一直試著告訴你，對待外人要客氣要謙虛，因為沒有人會願意包容你的錯誤。我擔心了許久，終於，教練受不了，請你退隊。我硬著頭皮去拜託教練，再給你一次機會，教練勉強同意。

有一次，因為你忘記帶跳繩，教練用棍子把你的屁股打成一大片瘀青，我和媽媽很捨不得，我要帶你去驗傷，對教練提告傷害。你卻告訴我，再給教練一次機會，他也曾經給過你一次機會。我也不知道，你怎會如此成熟？說真的，我是嚥不下這口氣的，我痛恨體罰，無法包容還在體罰的教育人員。但，聽你一席話，我退縮了，尊重你的想法和看法，這一刻，體罰你的教練應該無言才是。

不過，我應該是誤會你了，我以為你是為了打籃球才忍受教練的體罰。升上國二後，你帶著隊友搭客運遠赴苗栗比賽，光是這點，就證明你比同年紀的我勇敢許多。原本我還想著，透過越來越多的比賽，可以磨練你更精湛的球技。沒想到，比賽回來後，你告訴我不想練了，你的理由是再怎麼拚也拚不過高個子和速度快的球員。我一度以為是比賽成績差，你又把責任攬在身上。你卻肯定的告訴我，不是這原因。你堅定的要轉學，一開始，我以拖待變，希望你回心轉意。以前，一早叫你起床，你還滿懷期待去練球，當你說出要轉學時，你就充滿無奈與不耐。就這樣，我們父子僵持二個星期左右，怕你學壞，我問到私立中學願意讓你轉學。轉學前一晚，我問你最後一次，是否要放棄籃球？你依舊點點頭。

到私立中學後，你的課業老吊車尾，我可以體諒，過去，你花了太多時間在籃球場上。對於課業，你沒有投入太多的心血，我也沒有過於要求，每個人都有屬於自己的舞臺。但是，我告訴你，既然放棄籃球這條路，就要開始好好在學業上努力。私中管理很嚴格，你經常被記警告，你不適應，跟公立國中差很多，我只能告訴你，有錯就改吧。讀私立中學的人，就是希望可以比公立國中更嚴格的生活教育，這樣的規定對大剌剌的你，當然約束不了。你的內心不斷排斥，直到班際籃球賽，你才又找到自己的舞臺。你幫班上的籃球隊員訂製球衣，約定練球時間，講解籃球戰術，看到你彷彿又活過來了，我也為你感到驕傲。果然，你的班級勇奪班際籃球賽冠軍，這一刻，你的眼神發亮，我又看到你以前的樣子。

班際籃球賽後，你告訴我，等暑假要到新竹練球，有個教練希望你去加入他們的球隊。我以為你在開玩笑，你卻拿出臉書私訊給我看，我不以為意。因為我覺得你只是去練個幾天就會放棄，你已經有放棄過一次的經驗，我不願再相信你，或者說你自己早已放棄籃球，怎可能重燃籃球夢呢？

沒想到，跟新竹球隊到臺南比賽後，你決定要再轉學。媽媽不是很同意，捨不得你這麼小去流浪。我的學校棒球隊，好多國小三年級的孩子住校，我跟媽媽說這樣的例子，潛意識裡，我依舊支持你打籃球。只是有點不捨，也害怕你中途而廢，我甚至跟你說，千萬不要讀國中三年轉三次學，那就真的太扯了。

聽著你說住宿生活，教練的要求，很多隊員來自外地，甚至還有花蓮來的同學。我聽了後，暫時相信你是真的不會放棄籃球夢。不過，你一直不喜歡我和媽媽去學校看你，你有一堆好理由，說什麼教練要練球，不喜歡有人打擾，說什麼同學的爸媽也不會到球場來等等的話。我和媽媽聽得一頭霧水，怎麼要去看看你這麼難啊！我們就像你的後援會，一會兒要寄衣服，一會兒要寄鞋子。我要直接拿去給你，你又拒絕，說什麼你不想當「媽寶」之類的話。我想起自己國中畢業後外出求學，新生入學時，還有我的爸媽陪著去。你卻一個人，查查網路，就自己搭客運到學校了，也堅持不讓我載你去。

好不容易盼到你回家，我沒有讓你有拒絕的機會，直接挑明說要載你回學校，你不置可否。但你只有一個小小的要求，不讓我們進宿舍，只能載你到校門口，讓你一個人走進去。我和媽媽實在不解，你到底在想什麼？你那麼小年紀，怎麼會如此成熟？送你回校的星期天下午，到新竹後，天空開始飄起細雨，我在想這次真的有充分的理由送你到宿舍了。我看著衛星導航的指示，穿過熱鬧的市區，你開口說，可以抄小路比較快，沒想到，你這麼快就熟悉學校附近的道路了。姑且相信你說的，真的很快就到達校門口了，我下車問警衛先生可否讓我開車進校園，你一溜煙從後座跳下來，告訴我們送到這裡就好，然後獨自一個人往校內走去，我和媽媽站在車門外，看著你遠去的身影。你確實比當年的我勇敢許多，生病了，要獨自一人去看醫生，我說怎不請教練和同學陪你，你率性的回答，他們要練球，我自己去就可以了。你都不知道我們有多不捨啊！

回程的路上，耳邊不斷響起你說的「送到這裡就好。」，是的，你的人生道路還很長，我們不可能一直陪著你，很多時候，真的也只能送到這裡就好。

叮嚀

你到員東國中去，是為了打籃球，希望你別忘記，離家那麼遠，就是為了要打好籃球。球隊勝利很重要，不能只靠五名主力，還要靠其他板凳球員，板凳深度若夠深，球隊就會更強。你是控球，負責場上指揮，算是球隊的首領。你要想辦法讓球隊的凝聚力更強，每個人更團結，更和諧。

上一次，球隊有人的錢被偷了，爸爸讀師專時，也發生過，當老師的人都會偷錢了，何況是一般人？這種事在沒有確實的證據前，每個人都有可能是嫌疑犯，不必去猜想是誰？更不要去誤指是誰？你只要跟同學說小心保管財物就好了，至於，你認為的那個人，萬一誤會他了，豈不是很冤枉。

記得，不要運用你的人際關係，去排擠任何一個人，要有同理心，如果你也被排擠的話，你會覺得好過嗎？要謙虛的學習籃球和課業和品德，做一個大家都尊敬你的人，讓大家為球隊勝利而加倍努力。知道嗎？相信你會懂的。

巨人

小時候，父親是巨人，背著我跑。長大後，我變成巨人，只顧著自己跑。有一天才發現，父親的眼窩成了偃塞湖，注滿歲月的水。那水，慢慢的流洩化成阡陌。兩隻苦花魚伸長了尾鰭，探探湖水的溫度，銀白色的身影閃耀湖面像黑夜裡的閃光燈乍亮乍現，剎那間，左邊那隻抓住遺憾，右邊那隻抓住回憶。

老父親近八十歲，還是在田裡勞動，耕種租賃來的四甲農地。他一直都堅持當一個生產者，不讓我們兄弟有絲毫負擔。他常說只要用心照顧農作物，農作物都會回報，認真耕耘，必定會有好收穫。他也常嚷著要守護這片田地直到老死。今年農曆年陪老父親看電視，只是安靜的看著電視，用僅有的年假陪老父。這樣的情景，多了一次，就會少了一次，我們都會好好珍惜。

兒子的父親印象

我的老爸，天生的反骨，左手寫詩和散文，右手寫小說和故事。

老爸常說年輕的時候，臺灣解嚴前後，那時候有許多大小的社會運動與政治集會，集合地點常約在臺大校門口。我實在很難理解老爸那個年代的肅殺氛圍，每次聽他說起，只覺得他在「講古」。換成是我，也許沒有那麼大的熱情和勇氣，因為我一出生，就享受前人奮鬥得來的民主和自由了。這個「前人」啊，老爸也是其中的一部分。

近日，我剛完成大學指考的挑戰，成績公布後，有機會進臺大，老爸特地帶我到臺大走走。老爸讀的臺北師專與臺大後門相望，他說以前到公館逛街時，只要翻過學校圍牆，走過辛亥路，穿過臺大校園，就到公館了，連公車票都省下來。

走在校園中，偶爾會經過我可能就讀的系館，老爸一直靜默著，也許他努力喚起青春的記憶，有些甜蜜，有些熱情。特別是到臺大校門口拍照的時刻，他靦腆的笑著，我猜想他笑的是以前集合的地點，現在更自由更民主了。

放你一個人在家

妻罹肺腺癌末期，進行維持生命最後的醫療，妻對夫說：「我的生命就像籃球賽末節最後兩分鐘，落後對手二十分，教練會派板凳球員上場度過垃圾時間。」夫聽了很難過，在一旁啜泣，無言以對。

夫想起年輕時拚事業，總是早出晚歸，連假日都不得閒，即便在家休息，也努力做公司未完成的事情。但夫無論多晚下班，在下班前，總會打通電話給妻說：我要回家了。妻常抱怨為何常放她一個人在家？夫總淡淡的說要給她富裕的物質生活。

夫妻牽手三十餘年，他們也很清楚早晚要面對會有一個人先離開世間的事實，只是沒想到死別來得這麼快。夫為彌補對妻的虧欠，上班前先煮好稀飯，做好一切家事，晚上也不加班，就為了可以增加與妻相聚的時間。這樣的生活模式只撐過一個多月，妻臨終前，虛弱的躺在病床上，氣若游絲的對他說：這次，換我真的要放你一個人在家了。不久，妻便撒手人寰，夫頓時失去生活重心，利用工作麻痺自己。有時，會短暫失憶，也會發呆很長一段時間，公司同仁看見他這樣，也只能拍拍他的肩膀，不敢多說什麼。

夫害怕一個人在家，就把公司當成家，每天早出晚歸，沒有妻的家，不像家，就算孩子在家，他始終覺得還是一個人。生活又回復到年輕時，努力工作，早出晚歸，心態卻不一樣，年輕時扛起家庭經濟重擔，現在寄託生命的孤單。日子總是要過，想起妻的模樣，翻翻以前的相片，回味妻的笑聲。

夫終於能夠體會妻的寂寞，一個人在家真的不好過，面對空蕩蕩的房子，死沉的家具，一成不變的動線，偶爾被電話鈴聲嚇著，接上線又是語音，一整天，找不到一個人說話。

每天下班前，夫還是會打通電話回家，以前鈴聲響不會超過三次，妻就會接起電話，現在，守著電話的人不在了，鈴聲響好久都沒有人接。夫輕輕掛上話筒，再拿起話筒說：我要回家了。

臉書生日提醒

今晨，臉書跳出你的生日提醒，但我來不及跟你說生日快樂了，就算在你的動態消息上留言，你也永遠都看不到了。我們之間的情分就到這兒結束，還好有臉書，讓我覺得你一直都在，至少你每年的生日，都會再次提醒我要記得你曾經的笑容。

有一段時間，我好怨老天，為何要帶走你年輕的生命？不願意相信這種結果，也不敢相信死別竟然離我這麼近。你走了後，我特別想念你的笑容。曾經，我們有過年少輕狂，有過歡笑，也有過爭執。即便如此，卻不會影響我們的感情。

長大後，我遠走他鄉求學、工作，結婚生子，只有假日或年節才有機會與你相聚，但從不會讓我們之間的感情絲毫減少。自從有了臉書後，我們的距離很遠，心卻很近。常看到你的動態消息PO的相片和心情短文，讓我可以繼續分享你的歡笑與難過，看到你可以快樂的過日子，我的內心很踏實。偶爾下班後，透過臉書私訊，我們可以天南地北的聊，聊童年，聊求學，聊工作，聊你當兵的生活。但，現在沒機會了。

每當我想念你的時候，就再看一次你臉書上的相片，看著你笑開懷的樣子，彷彿就聽到你的笑聲了。也順便打開臉書上曾經與你聊過的訊息，再溫習一次我們過去聊過的話題。邊看訊息，邊想著當時的心情，每次聊完後，你總會留下「SEE YOU」。現在，再也看不見你打的這兩個俏皮的英文字了。

這兩年來，只要打開訊息匣，我一直努力的打上「SEE YOU」，打了無數次，卻得不到你任何的回應。有時候，我試著告訴自己你早已不在人世，但我總是不甘願承認這事實。我幻想著，你在另一個世界也有臉書，只是你忘了打開，忘了要給我回覆。我在期待，期待有那麼一天，你再留下「SEE YOU」。

今晨，臉書跳出你的生日提醒，我忍不住再次進入你的動態消息查看，除了廣告訊息外，沒有任何你的PO文，也沒有你朋友標註你的動態消息，我徹底失望了，眼淚嘩啦嘩啦的流下，再也無法堅強的相信自己不流淚的約定。

淚眼矇曨中，在你的動態消息框，我慢慢的打下：「老弟，生日快樂！我真的好想你，好想你。」然後關機，鑽進被窩裡放聲大哭。

妻貴人

我的妻是我生命中的貴人，與其說貴人，不如說是救命恩人。

前幾年，我得輸尿管癌，那是一種很冷門的癌症，對於一個中年男人來說，我從來也沒想到自己會在四十出頭時，便得面臨死亡的威脅。當醫生在診間，請我迴避，單獨留下妻時，我就知道情況不樂觀。妻轉述醫生的話，癌症末期，有機會存活，但需要運氣。妻倒很堅強，忍住眼淚，慢慢的說完這些話。我也試著堅強，不讓癌症打倒。

輸尿管癌的症狀是經由血尿才發現的，腫瘤源起左側輸尿管，癌細胞慢慢穿透輸尿管，長成長約十公分寬約八公分的類長方體，將輸尿管和腎臟的動脈包覆住。醫生說再拖一個星期，腫瘤便會吞噬掉腎臟的動脈造成內出血，一下子就會休克而死。我心想：如果這種情形發生在睡覺時，就會不知不覺的死去。如果剛好在開車，可能就會波及旁人，造成難以想像的災難。

聽從醫生的安排，腫瘤的體積太大，無法立即開刀摘除，必須先透過化療，看看能否讓腫瘤縮小點？至少要把包覆住腎臟動脈的腫瘤，先縮小些，才能進手術室。若腫瘤無法順利變小些，在開刀摘除腫瘤的同時，必須進行動脈血管繞道手術，稍有不慎，動脈破裂也會造成內出血，而且無法順利止血，也會休克死去。得知確診癌症後，我關閉手機阻隔與外界聯絡的訊息，也開始封閉自己，我的生活只剩妻、丈母娘和兩個孩子，平常往來的同事、親戚、鄰居、朋友表明好意來探望，都被我拒絕。甚至在鄉下的父母親要北上探望，也被拒絕許多次，最後還是老父親發脾氣，我才勉強答應。

記得第一次化療，我要求住單人病房，我跟妻說難得生病，我不想跟陌生人住同一間病房。還好妻曾為我買了癌症險和醫療險，住院自費給付負擔並不大，不過，我不再想錢的問題，我只想要活著，人生還有許多眷戀，我一點兒都不想死，也不放棄任何可以活下去的機會。我本以為化療會讓我掉光頭髮，變成一個光頭佬，但負責化療的醫生說我適用第二線的化療條件，副作用會輕一點。如果第一次化療很順利，往後的化療可以在門診完成，不必住院。老天爺很疼我，第一次化療，並沒有不適應，只是化療後的第一天晚上會覺得噁心、食慾不振、全身無力，並沒有像電視演的那樣；跑進廁所抱著馬桶狂吐，只是覺得噁心，卻吐不出來。醫生用「轟炸」來形容化療藥劑的毒性，會把全身的癌細胞和健康的細胞全都轟炸過，抵抗力差的細胞就會死去。因而，白血球指數會降低，抵抗力會變弱，醫生叮嚀我化療後二、三天內，必須在家休養，哪裡也不要去。等身體恢復些，必須努力運動維持體力，更必須多吃紅肉補充，讓造血功能盡快恢復，以準備下一次的化療，醫生說化療的次數是六次大療六次小療，所謂大療就是比小療多一種藥劑，幸運的話，可以縮短療程，進行手術。

為了讓我維持體力，每天，妻到銀行上班前，總會到市場買新鮮的牛肉和魚等高蛋白食物，午、晚餐就拜託丈母娘煮給我吃，等她下班後再燉一鍋蔬菜牛肉，讓我白天當點心吃。為了維持體力做化療，我總忍耐吃牛肉，生病前，我原本就不太吃牛肉，也發誓等治療後，再也不吃牛肉了。

記得我的化療療程共四大四小，每次，遇到隔天化療，我就睡不著，並且相當焦慮。有兩三次我到醫院抽血後，因為白血球指數太低，不能進行化療，隨即回家休息，再等待一個星期的休養。記得第二次化療時，我告訴醫生晚上睡不著，身體會心悸、發冷、小腿以下經常麻木不知感覺，胸、腹部還有上手臂內側有紫斑。醫生告訴我這是化療的後遺症，要我放寬心，別胡思亂想，也說我已經有憂鬱症的傾向，所以開了輕劑量抗憂鬱藥和安眠藥，我只要睡前半小時吃藥，就會有睡意，但睡眠品質和正常時並不相同，吃安眠藥後的睡眠是沒有知覺的，沒有翻身的記憶，更沒有做夢的印象。

每次化療過後兩三天，我總覺得噁心、食慾不振、疲累不堪，真的像醫生說的身體被轟炸過一次一樣。妻怕我吃不下，買冰淇淋給我，那是我想吃的食物，冰冰涼涼的口感，可以順利的吞嚥。只是妻看我吃不下，臉色蒼白的樣子，她總會偷偷的躲在廁所哭，不敢讓我看到她哭，怕我跟著難過。其實，我是難過，但哭不出來，原來，哭不出來的痛是人世間最痛的事了！

第三次化療後，主治的泌尿外科醫生為我做超音波，也恭喜我腫瘤順利縮小，應該再做一次化療後，再做核磁共振確認是否已達到可以開刀的標準。我內心期待著，不想再做化療，因為太痛苦了。果然老天爺可憐我，做完四次後，外科醫生確認可以進行手術，並與我約定開刀日期。光是化療的期程就花了三個月時間，還有一段路要走，每一次的治療，妻總得請休假陪我，我實在沒有勇氣一個人面對，還好，妻的銀行主管相當體諒，沒有在請休假上多作刁難。

終於等到開刀了，我的內心是興奮的，因為開過刀，就表示康復的日子快到了。住院前一天，妻開始準備住院用的日常用品，這樣的情景是熟悉的，沒生病前，帶學生畢業旅行，就是在行前一晚準備行李，但這次不一樣，少了自在與歡樂，多了不安與無奈。

開刀前一晚，我依舊住進單人病房，妻陪著我，這是結婚生子後難得夫妻獨處的時間。護士幫我通腸，做好隔天清晨開刀的準備事宜。妻不斷鼓勵我，要我寬心面對，其實，我的心情很沉重，卻也很期待，我知道開完刀，如果順利的話一定可以早日康復。這一晚，即使不吃安眠藥了，我依然睡得很安穩。

隔天一早，護士進房通知準備開刀，二個看護員一前一後推著病床，妻跟在病床前，雖然沒有像電視演的那樣緊握住我的手，但妻一直陪在我身旁，進電梯直達開刀房的樓層。進開刀房時，妻只告訴我等我平安歸來，我不敢正視她，怕眼淚不聽使喚，我簡單的回答「好」後，就推進等待室了，等待室很熱鬧，有幾床跟我一樣等待開刀的病患，也許症狀不同，但彼此沒有交談，我心裡不斷向各方神明請託讓我平安度過。約莫等了半小時，我終於躺上手術檯，護士甜美的笑容，關心的問候，還理性的說現在開始麻醉，我點點頭，護士把半杯狀的容器，罩住我的口鼻，要我用力吸氣，後來的事，我就不知道了。

我是被凍醒的，醒來那一刻，覺得好冷，我一直向護士說好冷好冷，在加護病房裡，病床邊多了父母和二哥還有小舅，妻握著我的手，沒有多說什麼，我只張開眼看了他們一下，沒有力氣開口說話。

加護病房待一晚，我並沒有睡好，因為護士們好吵，說話好大聲，忽而語氣急促，忽而高聲交談。記得有個男護士走到我身旁，要我小心別扯掉右手動脈上的針頭，不然會血流不止，我心想，哪來的力氣扯啊？隔天晚上，我從加護病房移到普通病房，我知道我得救了，心情有些釋懷，但麻醉藥一退，便覺傷口隱隱作痛。妻在病房陪我，隔天一早，她必須趕回去上班，老母親從鄉下來陪我，丈母娘照顧我兩個小孩。似乎因為我開刀，家人再度密切的分工合作。

開刀後的兩天，日子特別難熬，醫生交代沒有放屁前不准下床，吃喝拉撒睡全在病床上，我又回到嬰兒襁褓期，需要家人的照顧，才能維持生活，特別是晚上，護士定時進房換藥，觀察有無發燒現象，就無法安穩的睡覺了。妻為了照顧我，只能委屈睡在陪伴床，我傷口依舊痛，也無法完全沉睡。等到第三天，我終於放屁了，但是無法下床走動，只是可以吃些稀飯，讓自己不再挨餓。第四天白天，老母親攙扶著我下床，在病房長廊試著慢慢走，老母親幫我推點滴筒和其他管線，我右手扶著長廊牆壁邊的扶手，緩緩的移動腳步，每走一步，傷口就痛一次，但醫生要我忍痛來回走，可以讓傷口好得快些。回到病床上，插著引流管的傷口汨汨流出血來，護士趕忙進來為我換新紗布止住血，這樣的情形，隨著傷口復原越來越好，直到拔掉引流管。

約莫記得住進普通病房第五天，傷口疼痛稍稍減緩，導尿管順利拔掉，護士要我包尿布睡覺，以免半夜下床時，找不到人可以幫忙攙扶，但我內心不斷發出拒絕的嘶吼，後來，怕影響妻的睡眠品質，勉強答應。放屁後的兩天，陸續進食，就在包上尿布的這個晚上有便意，但還來不及下床，就全在尿布上解決了。妻忍著臭打開尿布，拿出護墊，墊在我的屁股下方，以免弄髒床墊，然後不斷的抽濕紙巾，擦拭著我的肛門口，這樣的動作似曾相識，我以前也都幫孩子擦拭，現在我輪為主角，有點難過，有點生氣。等妻擦乾淨，我告訴她：下次，我會忍著痛到廁所去，再也不要在床上解決，我不想讓自己成為嬰兒，更不想讓自己成為需要被照顧者，連基本的生活自理都得仰靠妻的幫忙。我無法接受這樣的事實，妻安慰我這只是短暫的，等我傷口不痛，就可以正常了，但我很倔強，絕不接受。

住院十來天後，順利出院返家，妻和我終於放下心中的大石頭。妻也閒聊說開刀時間花了近九小時，醫生拿給她看摘除下來的左腎及輸尿管，她有看到人的腎臟跟「豬腰子」差不多大小，我聽了噗哧一笑，還回問她怎沒拍照留念，她搖搖頭說算了。返家休養後，丈母娘負責準備中餐，有時連晚餐都準備好才回家，如果來不及準備晚餐，也會把菜洗切好，等妻下班後，就可以很快的下廚。妻利用銀行中午休息時間返家，為我換傷口上的紗布及敷藥。約莫過了二十來天，我的傷口已復原，也有體力可以騎機車到處逛，再度回診後，醫生要我再做最後一次化療，把潛藏在身體的癌細胞澈底的再殺乾淨些。

面對最後一次化療，我依然焦慮，回想起化療的痛苦與不適，回想最初得知罹患癌症的絕望與不甘。妻鼓勵我，就最後一次了，做完後，就完成三分之二的療程。我忍痛做完，接著面對剩下的三分之一療程；放射線治療，也就是俗稱的電療。電療前，需做患處定位，放射師要我躺在電療機上，類似電腦斷層掃描的機器，先把我躺下的軀體形狀做成一個模子，做患處定位，以後電療時就躺在那模子上，就可以準確的把放射線打在患處，避免傷害其他器官和組織等。

第一次電療，這是我第一次有勇氣獨自到醫院來。醫生說過會有嘔吐的副作用，我心想化療都不吐了，電療應該沒什麼問題。也許是心情越來越好的關係，完成電療後，我的病就會康復，至少暫時不會復發。第一次電療後，拿過健保給付的止吐藥，搭計程車回家，到家後，吃過中餐，沒有感到什麼異狀，便到房間小憩。沒想到，不斷的噁心感，從大腦一直發出這樣的訊息，要我快點到廁所嘔吐。我倏地跳下床，衝進廁所，把中餐吃的菜全吐在馬桶裡，連吐好幾次，吐到只剩水，只剩噁心的感覺。這是我患癌以來第一次氣到想哭的感覺，我問老天為何到最後的療程還這麼痛苦？

記得電療共要做十二次，每星期做一次，我才做第一次就如此痛苦，嘔吐的不快，讓我開始害怕電療，甚至想要放棄這最後的療程。第二次回診間，我告訴醫生前一次嘔吐的情形，醫生問我可以自費購買止吐藥，止吐效果比健保給付好很多。當醫生這樣說，其實我有點生氣，為何第一次不說，我已經不在乎身外的銅臭了，活著比什麼都重要。果然，做完電療後，立刻吃止吐藥，回家休息，這次沒有嘔吐只有些許的噁心感。忍痛撐過電療期，我終於又活過來了。

生病這段時間，我的痛我的苦，偶爾會藉生氣來發洩，妻成為我最大的垃圾桶，我常常會對她說些莫名其妙的話，也會遷怒她，但妻總沉默以對，或者盡力的安慰、鼓勵我。妻從不會因為我的無理而生氣，反而吞下所有的委屈與折磨。等我康復後，她才告訴我，她總會躲到我大姨子家偷偷的哭，哭完再回家，不讓我看到她的傷心，怕我會更沮喪。生病這段期間，孩子不再需要我，妻也怕我有任何負擔，生病以前，我會接送孩子上下學，生病期間，所有照顧孩子的事全交給妻了。我也知道自己如風中殘燭，泥菩薩過江，只有在夜深人靜的夜裡，我起床上廁所，偷偷的到孩子的房間，看看孩子甜美的睡容，順便幫孩子蓋好棉被，我能做的也只有這樣了。不再被孩子需要，是很大的失落感，這場病是我人生的谷底，我只覺得活著比什麼都重要。

現在，我重新回到職場，我的座右銘很簡單：活一天，賺一天。要感謝曾經在我人生谷底拉我一把的人，包括所有的神明，當然，最要感謝的人就是我的妻，不只是貴人，還是我的救命恩人。

客家媽媽

我的母親出身苗栗苑裡的望族，外公是日治時代的保正，擁有村莊過半的農田，家裡雇請許多長工幫忙農事。這樣的出身，我始終認為母親應該享受優渥的物質生活，其實不然，母親有十個兄弟姊妹，只有舅舅們可以到學校讀書，母親和阿姨們只能在家遵守「女子無才便是德」的傳統。

從我懂事以來，母親聊起她的童年，八歲那年，和村裡的大人爬過火炎山到三義做工，自備白米煮中餐，一直到太陽下山才能返家。途中還得順便撿石山上的木材挑回家當柴火，返家後也不得閒，必須幫外婆下廚準備晚餐。當時，家裡的客人很多，幾乎每天都要宴客，有時是日本警察，有時是政府官員，有時是米商。每天午晚餐都要吃過三輪，第一輪請客，第二輪家裡兄弟姊妹，第三輪長工，換成現在餐廳的講法是翻桌率很高。

母親十歲那年，日本戰敗，外公被國民政府拔除保正的頭銜。後來又經過耕者有其田政策，外公的田地急遽縮減許多，但也保有好幾甲地，家裡的長工全解聘，農事全由我的舅舅們接手。以前，每到吃飯時間門庭若市的盛況不再，外公也變得鬱鬱寡歡。約二十歲初頭時，母親和父親相親後就結婚，洞房花燭夜是他們第二次碰面，連長相都還沒完全看清楚。母親嫁到閩南人的村莊來，必須學習更精準的閩南話，才可以和父親、爺爺、奶奶及村人溝通。村人嘲弄的叫她「客婆仔」，但她也不以為意。每當母親講到這件事，就讓我想到現在許多新住民女性遠嫁臺灣，重新學習臺灣的語言和文化，還得接受輕蔑的眼光。我的爺爺是佃農，以母親當時的名門望族下嫁，應該覺得委屈，看在外人眼中算是門不當戶不對。但我的母親從不認為這樣，她總是安分的扮演好妻子、媳婦和母親的腳色。

父親的童年也很坎坷，七歲開始幫人放牛賺取微薄工資，不識字，只認得簡單的數字。在八二三炮戰時，擔任連長的傳令兵，和幾個外省老兵學國語，認得幾個常用字。十來歲，便離家出外打拚，到處做苦工，賺來的錢全給爺爺、奶奶家用。母親嫁來後，父親依舊出外工作，只有在農忙時回家幫忙。我的爺爺終日與泥土為伍，奶奶整天外出賣獎券，母親一個人撐起整個家，幸好還有我的曾祖母偶爾會過來陪陪母親。

母親說大哥出生後不久，大舅舅說服外公賣掉田地投資蓋房子，剛開始賺了不少錢，又把賣掉的田地買回來。後來，參與開發豐原新市鎮，需要大筆資金，外公嚐過賣房子的甜頭，索性把所有的田地賣光，把全部的資金投入開發案。後來，遇到石油危機，建材漲價，物價飛漲，蓋好的房子沒人買，銀行貸款繳不出來，只得宣布倒閉。外公撐不過破產的打擊，臥床不起，臨終前吐血而亡。舅舅們大難來時各自飛，只剩二舅和外婆死守老家。

父親外出工作，母親要幫忙農事，還得養母豬，為母豬接生小豬，小豬養大點就可以賣點錢貼補家用。當時，我家沒有錢裝自來水，每天清晨，母親必須到小溪挑水備用，一日所需的水量，往往要來回數趟，就算懷有身孕也得如此。

記得母親跟我說過，我的出生地是尿桶旁，那時候正值收割稻穀，她忙著準備點心給割稻的農人吃，內急的感覺很強烈，趕緊放下鍋鏟，跑進房間床邊的尿桶，只覺得肚子裡的東西掉了出來，猛然一看才發現我已掉在尿桶旁的泥地上，滾了一身髒。她心一慌喊叫大哥快去找曾祖母來。她看著我滿身泥土，索性將還連在我身上的臍帶用力扯斷，拿一塊破布擦去我身上的泥土。曾祖母一進房看到滿地血汙不禁大叫。隔天，我就發高燒，也送到醫院去。

我們四兄弟陸續長大後，父親打算在農地上蓋新房子，雖然有一點點積蓄，但還缺乏一大筆錢，父親起互助會，母親依舊幫忙養豬賺錢，省吃儉用，連過年都捨不得買新衣服給我們，慢慢的還清互助會款。搬到新家後，父親不再奔波，平時做水泥工，農忙時就專心農事。我的叔公為了買房子，想要賣田地，父親想說才償還蓋新房子的債務，無力再買田地。母親很堅持要買下田地，又多養幾頭豬，多起幾個互助會，就這樣省吃儉用又撐過好幾年，才把債務還清。

我的爺爺和奶奶感情不睦，奶奶終年常住姑媽家，偶爾回家，會擺出婆婆的架式，對母親挑三揀四，稍不如意就是一頓打罵，我小學時，曾看過奶奶拿衣架追打母親，也不知什麼原因，惹惱奶奶。就在我讀國中一年級時，奶奶突然帶著無名的病痛回家，每天晚上痛苦的呻吟。母親不因奶奶過去曾經打罵過她，依舊細心照顧猶如陌生人的奶奶。嚴重的時候，奶奶甚至整夜呻吟，母親見狀，搭計程車帶奶奶到鎮上看醫生，醫生診斷後，偷偷告訴母親，奶奶應該是胃癌。

胃癌的病人少量多餐，並且在半夜時，也得起床泡杯牛奶給奶奶喝。以往，奶奶不在家的日子，母親凡事一肩挑，她也不曾怨過。我的外婆因心肌梗塞而過世，臨死前還泡好一壺茶，等母親趕到時，還能摸到外婆餘溫的遺體。母親倒了一杯外婆親手泡的茶，喝下的不是茶而是淚。母親總說：「婆婆也是我的媽媽。」這麼多年來，奶奶總不在家，我的姑姑因為奶奶生病無法幫他們做家事，就請奶奶回家了。臨終前，奶奶握住母親的手說：「我生病後像是一條魚，被兩個女兒趕來趕去，最後還是趕回兒子身邊。」奶奶也塞給母親一條金鍊子和一些私房錢，感謝母親的照顧，沒多久，奶奶就過世了。其實，我對奶奶是陌生的，出殯時，奶奶一手拉拔長大的表兄弟姊妹，竟然沒有人送奶奶最後一程。

上天對母親的考驗還沒結束，我師專剛畢業時，爺爺摔斷大腿，原以為經過幾個月的療養可以恢復，沒想到，爺爺從此在床上度過餘生。整整六年，母親耐心的照顧爺爺，偶爾還得成為爺爺的出氣筒。我們四兄弟成家立業後，各自打拼，父母親與小弟同住，含飴弄孫，除了務農外，也四處打工，賺取零用錢。母親總說：「自己會賺錢，不必向孩子伸手要錢。」

約莫十年前，我的前大嫂打著父母的名義向村人借貸數百萬元，然後和外遇的對象離家出走。父母親莫名其妙成為債務人，三天兩頭，債權人就到家裡討債，那些村人都是父母的老朋友，當初也是衝著父母的面子借貸給前大嫂。經過幾次的折衝，父母親說明錢不是他們借的，請村人們諒解，父母私下結算十幾年來農作的收入和老農年金，只能還清全部債務的三成，讓村人們依比例拿回，若不同意，也沒辦法了，村人們勉強同意。從此，家裡恢復往日的平靜，這件事傷害父母幾十年來建立的好名聲，他們也盡量避開與債權人的交往，免去一些尷尬。

幾年前，我剛考上校長同時，得到輸尿管癌末期，原以為生命即將走到終點。手術住院期間，母親陪伴我，她也以為可以無憂無慮度餘生了，沒想到又要擔心我的病情。等我可以下床練習走路時，偶爾還會聊起前大嫂不堪的往事，那應該是她一生最大的遺憾，得承受村人的說三道四。

現在，母親已經快八十歲了，還是常常外出做工，有時採芋苗，有時噴農藥，有時補秧。我和當教授的哥哥，每次返鄉，還得跟她預約何時不必做工，才能夠回家團聚。母親同行的工作夥伴常常勸她別再做工了，兒子都這麼有出息，還要到外面來風吹日曬，難道不怕被笑兒子不孝？母親總開心用流利的閩南話回說：「會做，卡贏不會做，賺一個好名聲啦。」母親樂天知命的態度，全力燃燒自己的人生觀，也影響我為人處事的原則。

母親只是平凡的女人，盡力扮演好她來到人世間的腳色，但如果要我形容一個好女人的形象是什麼？那就是我母親的樣子。

黃金穀進行曲

浸穀發芽

收割後的黃澄澄的穀粒，農民會挑選較飽滿的穀粒，當作下一期稻作的種苗。以細網裝進穀粒，浸泡在流水中，我家的習慣是浸泡在泉水坑裡，約莫浸泡三至五天，低溫乾淨的水質，可以提升發芽率，讓日後的種苗更強壯。

打造育苗床

浸泡穀粒等待發芽的同時，農民會在收割後的稻田裡，夏冬二期稻作，輪流選定較不受風害的區塊，開著耕耘機翻土，要把泥土全攪碎成細如花生豆大小，才適合發芽的穀粒生長。翻過土後，視下一期水稻栽種面積多寡，農民隔出幾個長方形的苗圃，苗圃中間預留走道，也順便可作為簡單的灌溉溝渠。等苗圃整理後，先引水灌溉，要讓每一吋泥土都吸飽水分。然後施肥，讓土地的養分更充足。冬期稻作，會受強烈東北季風吹拂，影響秧苗育成，這時，農民會搭起竹籬笆，繫滿乾稻草，隔絕風害。

耕耘

我永遠記得家裡那頭水牛的樣子。收成的工作全部結束後，爸爸著手進行整地、育苗等準備事項。壯碩的水牛是整地的好幫手，整地前，爺爺會泡一桶米糠加清水攪拌成的飲料給水牛補補身子。爺爺肩上扛著犁，手裡握著控制水牛的麻繩，麻繩輕輕的往水牛身上一彈，水牛就低著頭乖乖地向前走。下了田，架好犁，麻繩再輕輕一彈，牠的腳步明顯沉重緩慢許多，身後的泥土一寸一寸地翻了過來。到了轉頭的田埂邊，牠會趁機停下腳步休息，低頭吃吃田埂上的雜草解解饞。等爺爺大聲叫罵後，牠會抬頭看看爺爺識相的轉過身繼續向前走，一臉無辜的表情更是惹人憐愛呀！就這樣來來回回無數趟，才能完成整地的任務。看過水牛無怨無悔賣命的工作，我才真正理解：爸爸不准我們兄弟吃牛肉的原因。

粗估插秧日期前半個月或更早些，收割後的農田準備翻土，我小時候（約四十年前）的耕耘機，俗稱「鐵牛」，只有翻土的功能，無法攪細泥土，也無法攪碎田埂周圍及角落的泥土，更無法整平農田凹凸的泥土。農民會牽著牛，架起犁，沿著田埂周圍及角落，先犁過鐵牛無法翻土的範圍。然後再引水灌溉，讓泥土吸滿水分變得鬆軟，才能讓耕耘機翻土時更省力省時。鐵牛下田翻土時，後方常跟著一大群的白鷺鷥，仔細的尋找躲在泥土裡的蚯蚓或小蟲，飽餐一頓。有時野鴿、斑鳩、麻雀等鳥類也會來湊熱鬧。因此，鐵牛翻過土後，也讓田裡的雜草連根翻起，為了讓雜草凋零，翻過土的農田，還必須牽著牛拉引著長方形剷平的器具，外型類似平躺在田地上的旋轉門，農民雙腳一前一後站在門框上，一手拉著牛繩控制方向，另一手握著小竹枝，鞭策水牛快速前進。等農地全整平後，靜置二、三天，讓泥土變得更緊實，上述所載的人工程序，現代大型的耕耘機可以完全取代。

撒種育秧苗

穀粒幾乎全部發芽後，農民會將穀粒平均撒在長方形的苗圃裡。這時，怕麻雀啄食，怕強風吹拂，也怕強烈的陽光照射，通常會在苗圃鋪上薄薄的一層乾稻草，保護脆弱的穀芽。大約過了二、三天，青翠的穀芽會鑽出乾稻草，這時，農民會將稻草層收起，讓穀芽自由的呼吸，加速成長。大約再過七天，穀芽已長成約十公分高度，就可以準備插秧了。

插秧

插秧期同時會有許多戶人家輪流排「交換工」，互助合作才能快速的完成插秧的工作。排定插秧的當天清晨，天色還是一片昏暗的時候，媽媽便得到育苗區將秧苗鏟起來，整齊擺放在竹編且鏤空的圓形容器裡。那把鏟秧苗的工具，外形像是吃布丁的小湯匙。媽媽蹲在育苗區裡鏟起一片片連土的秧苗，整片的泥土看起來有點像薄片起司，鏟秧苗的技術可專業了；鏟起的泥土太薄，會傷害秧苗的根，鏟起的泥土太厚，會傷害農人插秧時使勁的拇指肌肉和指甲。鏟起的秧苗必須由內而外成螺旋狀的擺放在圓形容器裡，插秧的農人再把秧苗放在圓形的鐵桶裡。

媽媽鏟秧苗的同時，爸爸便拿著裝有十六個木輪的畫線器在稻田裡來回走動，畫出秧苗栽種的位置。農人插秧的時候，只要順著線，將圓形鐵桶放在腳邊，倒退著走，把手上的秧苗栽種在稻田裡。我通常負責「接秧」的工作，當農人鐵桶裡的秧苗用完了，而且尚未到達水田的另一端，我負責在田埂邊把秧苗傳給他們。站在田埂邊，原本深褐色的稻田慢慢滲出一片翠綠，他們彎著腰比賽似的把秧苗插在稻田中。田裡面的水不停的泛起陣陣漣漪，翠綠的秧苗像是打翻的墨汁在深褐色的畫布上慢慢蔭開，翠綠的秧苗在深褐色的泥土襯托下更顯蒼翠鮮綠。

等待水稻成熟

插過秧後，農民會在田的的角落留下插剩的秧苗片，做為日後「補秧」。一段時間後，有些秧苗會夭折，有些成長緩慢，這時，農民便會拿著秧苗片，巡視整片農田，適時的補秧。

經過近四個月的栽培，過程中必須不停的灌溉、施肥、施藥除雜草及害蟲，水稻也會慢慢的成長，抽穗、結穗、穀黃。要判斷收成的時機點，農民會看稻穗是否低垂？也會親嘗穀粒中的米是否硬實？如果符合農民主觀標準，那就可以收割了。

收割

在那個年代，農業機械化尚未普及，所有繁雜的農事必須依賴大量的人力。農忙時期，農村裡的男女老少，沒有人捨得休息，連聊天都讓人覺得奢侈。稻作收成那段時間，每天天未亮，爸爸和爺爺便得下田割稻。以往已經約定好繼續「交換工」的農人，只要在收割前協商確認每個人收割的日期，這一季的稻作便能順利收成。

爸爸和爺爺都是專職的莊稼漢，靠天吃飯；也靠這塊土地吃飯。輪到我家割稻收成的日子，爸爸前一天已經把打穀機拖到田裡，媽媽忙著張羅一、二十人吃的點心和午餐。這時候，我早已打從心裡高興起來，又可以吃到豐盛的菜餚了，那可是我夢寐以求的一件事啊。清晨，天色還朦朧昏暗，窗外卻已傳來窸窸窣窣的聲音，打穀機明快的節奏聲搭配農人的嘻鬧聲及稻草被撥動的聲音，在寂靜無聲的清晨更顯得熱鬧繽紛。隔著窗戶向外望，只見農人一彎腰一縮手，茂密的稻穗瞬間成了農人的掌中物。一束束的稻穗放進打穀機中滾打成一顆顆金黃色的稻穀，爸爸戴著破舊不堪的斗笠，躲在打穀機的後面，臉上被稻草屑及穀塵塗滿了，汗水順著額頭流過鼻尖再向下奔流，原本蒙上一層灰的臉龐沖刷出好幾條河道。爸爸習慣性用手背擦拭額頭上的汗珠，笑容變得更燦爛了。

我被窗外的聲響喚醒後，便急著到廚房探視熱騰騰的蘿蔔糕不斷地冒著白煙，媽媽提醒我蘿蔔糕正滾燙，並且阻止我挖來吃，因為這是媽媽為割稻的農人所準備的點心。等蘿蔔糕涼了些，盛在碗裡，再淋上蒜茸醬油；如同一杯香醇的咖啡淋上鮮奶油，光是顏色就足以令人垂涎三尺。然後把蘿蔔糕送入口中，除了感受蘿蔔糕的滑嫩外，齒頰間更是瀰漫著蒜茸的香味。媽媽在廚房忙進忙出，把蘿蔔糕、蒜茸醬油、碗筷依序擺進點心擔裡，等一切準備就緒，媽媽挑起擔子往稻田出發；她走在前面，我跟在後面。到達目的地後，媽媽使勁吆喝著：吃點心囉！這時候，每個人總會停下手邊的工作，一起品嚐美味的蘿蔔糕。當他們忙著吃點心的同時，爸爸也忙著把打穀機盛滿的稻穀鏟出來，一鏟一鏟金碧輝煌的穀粒倒進竹簍裡。

曬穀

接過爸爸鏟出的穀粒後，爺爺挑起盛滿穀粒的竹簍走到稻埕中，從稻埕的邊緣依序倒出一壠一壠的穀堆。穀堆間的距離必須維持翻攪稻穀的空間，大約是一個步伐的距離，幾近等高的穀堆彷彿綿延成一直線的山丘。我的工作是在收割過的稻田裡撿拾遺漏的稻穗，拿回家給雞鴨吃。

稻穀是老天爺賜給我們家的黃金。剛收割的稻穀含有水分，陽光是把稻穀曬乾的利器。曬稻穀的重責大任便落在媽媽身上，這並不是一項輕鬆的工作。在農村裡，曬稻穀一向是婦女的工作。想要順利把稻穀曬乾，可得靠老天爺大力幫忙，最怕遇到迅雷不及掩耳的西北雨。當天空中的烏雲開始聚集時，媽媽便會拿出折疊成豆腐乾的帆布，爺爺拿著T字型的收穀器、穀耙子、竹掃把。爺爺、媽媽和大哥使用收穀器將稻埕四周一壠壠的稻穀收到稻埕中央，二哥、我和弟弟拿著穀耙子在收集他們背後遺漏在地面上的稻穀，等收集的工作告一段落後，我們會拿著竹掃把將無法耙起的穀粒掃向稻埕中央的穀堆，最後用帆布蓋住穀堆，帆布緊貼地面的部分得拿石頭壓住，才能確保帆布不被風吹走。蓋住帆布的穀堆像極了放大幾萬倍的雪糕冰淇淋。如果出太陽的日子可以持續兩三天，溼稻穀就能順利曬乾轉賣給農會及碾米廠。萬一時而晴天時而下雨就很難將溼稻穀曬乾了，一不小心，稻穀甚至會發芽呢！

重考

我從小就喜歡當老師，但是，重考一年才順利考上師專。

國中畢業後，考上雲林工專電機科，那時，是中區五專聯招第一志願。入學時，父親陪我新生報到，繳費的項目很多。記得，父親身上帶了一萬元，學雜費近五千元，心想綽綽有餘。進校門，新生報到處的指標很明顯，我們很快的找到。繳學雜費後，還有住宿費、服裝費……父親陪我到地下室宿舍區，地下室容納全部的新生約莫有二百人，上下舖的床一望無際，看見上舖的同學買一床全新的棉被，問他去那兒買？原來在合作社量服裝時就可以順便買棉被了。我和父親匆忙的再次爬上一樓，進了合作社，依舊人山人海。父親扯開嗓門問店員：一床棉被多少錢？見父親面有難色，我不知發生什麼事？原來，父親口袋的錢已經不夠付棉被錢了，父親乞求店員給他賒欠，下星期請我拿錢過來還，店員拿出一張紙，內容類似借據，我趕緊撇過頭，眼淚緩緩滴下，但我不敢讓父親瞧見。當下，我覺得讀書真的成為父親的負擔，我也後悔自己沒有好好讀書，考上全公費的師專，重考的念頭霎時閃過腦海。

為節省生活開銷，我暫時放棄學校搭伙，每天買營養口糧和麵包果腹，這樣的生活只持續一星期左右，除了拉肚子外，每天餓得發慌，實在受不了，只好又忍痛搭伙。進學校實習工廠學做車床，讓我下定決心休學重考，車床的機器聲，柴油的臭味，我內心抗拒成為一個「黑手」。於是，勉強讀三個月後，辦理休學，當時的導師還與我深談，告訴我電機科畢業後，會有許多就業的機會，包括國營事業的中鋼、中船等。但是我心意已決，不想真的成為「黑手」。

重考的日子，我不敢要求到補習班，心想家裡應該也沒有錢支助。那時村人對重考的刻板印象，如同古時候科舉制度「落第」，為逃避村人異樣的眼光，我躲在小姑姑的家裡苦讀一個月後，父母親要我回家，別讓小姑姑在做生意之餘，還要照顧我。深刻體會寄人籬下的感覺，從那之後，我告訴自己：如果我有能力，絕不願麻煩別人。

閉門苦讀三個月後，開始有焦慮感，想起國三聯考前，學校總會安排無數次模擬考，此刻，我只能待在家裡閉門造車。有一天，我回到母校國中找以前的國文老師，那時他擔任教務主任，拜託他讓我回母校參加模擬考，他回我可能不方便，我不知道為什麼？國三那年，班上有個重考的女生可以隨班附讀，她是歷史老師的女兒。我有一個女同學也重考，依舊可以回到母校隨班附讀，她是體育老師的女兒。這件事，也讓我感受到教育也是需要特權的，後來，國文老師勉強同意讓我在教務處寫模擬考試卷，寫完後自己對答案、打分數。其實，我很難接受「老師」的形象，竟是對學生有如此的差別待遇。記得第一次有這種感受，是導師兼數學老師，在第八節課時，總會特別拉出數學成績好的同學給予輔導。而我，當然沒有得到導師青睞。上臺北考師專時，數學科考試前的休息時間，我拿問題請教導師，他竟回我：這個問題很複雜，就算我教你，你也聽不懂！我倒抽一口氣，還沒上考場，就讓導師宣布落榜了。果然不出導師意料，我真的是名落孫山。落榜後，我悄悄在心中埋下當一個好老師的種子，如果有機會當老師，我絕對不放棄任何一個孩子。

母校拒絕我回校模擬考，離聯考僅剩三個月，我開始聯絡其他重考的同學，準備到臺中市補習班做最後衝刺。補習班主任見我放棄五專第一志願，覺得可惜，安排我在普通班適應重考班的複習課程。補習的第一週，我住同學租屋處，有兩三間老舊的房間，燈光昏暗，出入人口複雜，不適合讀書，況且離補習班又很遠。星期日返家，跟父親提這件事，父親立刻打電話給住臺中市的大姑姑，那時，大哥也在大姑丈建築工地幫忙，請大姑姑也順便收留我。我和大哥住在頂樓，地上鋪著床墊，我只想到曾祖母過世時，就是躺在鋪上木板的地面，當時覺得萬分委屈，連張床都沒有，寄人籬下的感覺又湧上心頭。

補習班模擬考很快的來臨，模擬考後，我打敗龍鳳班所有的重考生，我是補習班模擬考第一名，也跌破龍鳳班學生的眼睛。那時候，我才明白補習班也分A、B段班，我讀的普通班就是B段班。模擬考後，我就被安排到龍鳳班了，而且是坐在靠近黑板的第一排，我還記得導師介紹我的時候，全班同學看我崇拜的神情。忘了有多久沒看過這種眼神，曾經一度以為休學後，就不再有升學的機會了。在補習班的日子，為了減輕家裡的負擔，曾經好長一段時間，早上買兩個飯糰當早午餐。班主任不急著要我繳補習費，他私下告訴我，何時方便繳費都可以，也感謝補習班讓我重新找到考上師專的希望。

師專考試前一天，我借住新店小舅家，小舅在裕隆汽車工廠上班。考試當天一早，記得小舅騎機車載我，經過辛亥隧道，奔馳在羅斯福路上，沒多久便到考場。我獨自進入考場，全補習班就我一個人報考臺北師專，內心有些悵然。十六歲的年紀，在陌生的城市流浪，只為完成我的夢想。經過兩天酷暑的煎熬，我給自己一個築夢的機會。考完試，我終於卸下一年來的武裝，回家幫忙父親農事，開耕耘機耕田翻土、播種、插秧，七月盛夏，水田裡踩著一個太陽；頭上頂著一個太陽。務農真的是太辛苦了，我要脫離農村的生活，只有倚靠繼續升學，讀書才能讓我繼續往上層社會流動。

農忙讓我忘了師專放榜的日子，小舅特地到臺北師專看榜單，有看到我的名字，打電話通知我母親，母親開心的到田裡叫我，告訴我這個好消息。我正忙著耕地，駕駛耕耘機在水田裡來回，看著母親，我報以微笑，其實內心無限悸動，終於完成我的夢想。我即將成為一個好老師，不但可以脫離農村生活，也可以實現我的教育夢。

北師新生訓練

新生訓練前一天，學校規定必須提前一天辦理報到，報到時要繳交各項證件，不需要繳學雜費了，但必須將戶籍遷到學校，這是我感到最納悶的地方。這個疑問，終於在四年級，我有投票權時豁然開朗。學校裡有國民黨知識青年黨部，在投票日當天，教官集合所有投票權的同學，依照黨部指示，投票給特定候選人，當年，我們對政治懵懂，只能乖乖聽教官的話。

父母親陪我一早搭火車上臺北，那時的舊臺北火車站還有後站，經過近三小時的車程，我們終於到達臺北，出車站後問路人，順利找到15號公車的站牌。我們都習慣鄉下的空氣和景物，初到臺北，看到高聳的樓房，疾駛而過的車輛，令人作嘔的車輛油煙味。還沒搭上公車，就已經有想吐的感覺。

一輛輛的公車從眼前經過，我仔細盯著每部公車上頭的號碼，怕錯過15號公車。後來才知道，臺北的公車不會過站不停，跟鄉下的不一樣，每一站都會有乘客上車。公車停妥後，陸續上車，車內擠滿人，連站的位置都很勉強。一路顛簸，柴油味從窗外飄進來，瀰漫車內久久不散，我永遠記得這噁心的氣味。公車開開停停，感覺坐好久，我拜託車掌小姐到成功新村提醒我們，一路上昏昏沉沉又想吐，等了好久，終於聽到車掌小姐甜美的聲音。我們練習當「臺北人」，排隊魚貫下車，一下車，我馬上找到水溝蓋，盡情的狂吐，母親也在一旁嘔吐，只有父親硬撐著。

進校門，看到許多穿著卡其西裝的學長姊，引導我們報到，然後到宿舍放行李。木製床的上下鋪，我分配在上鋪，下鋪床柱僅簡單釘著腳踩的木塊墊，要到上鋪去，雙腳得先踩在下鋪的床板，雙手緊抓住上鋪床沿，然後再用單腳踩穩木塊墊，另一支單腳必須先跪在上鋪床板上，整個身體順勢向上向前延伸，才能順利到上鋪來。還好讀工專時，有稍作練習，不至於太生澀。

宿舍是日治時代蓋的，平房挑高木造，連窗框都是木造的，白天看起來有懷古風，晚上，就有點陰森了。寢室住十六個人，床鋪沿著市內牆壁成ㄇ字型排列，ㄇ字左右兩豎旁擺放兩張大書桌，開口處便是大門。走廊的木柱與木柱間，綁上鐵絲充當曬衣用的竹竿，看起來很克難。

父母親見我安頓好後，旋即離開。

初到北師第一天，一切都是如此新鮮。室長教我們把白色的棉被折成豆腐的模樣，就像軍教片電影演的一模一樣，為了讓棉被更立體，在上下被層間的直立面，放置一片隔板，折好豆腐狀後，在棉被上方擺上裝滿衣物的皮箱，要把棉被壓得更緊實。不過，我老是折得不好，沒辦法像其他同學折得像豆腐的樣子。

第一天晚上九時，我們在宿舍旁的小空地集合晚點名，隔天清晨六時早點名，二年級的學長擔任室長和區隊長，三年級的學長擔任中隊長。我上成功嶺後才知道，原來室長類似軍隊的班長，區隊長類似排長，中隊長類似連長。我心裡有些疑惑；不是要學當老師嗎？怎會跟軍校一樣。說真的，我非常不習慣，可能是自己叛逆的性格，喜歡自由自在，不喜歡制式與拘束的生活。不過，我也告訴自己，為了完成當「老師」的夢想，我是可以咬牙苦撐的。

三天兩夜的新生訓練課程，讓我印象最深刻的還是只有軍事化的管理，連吃飯都要一起排隊一起開動，但我還是覺得選擇師專是正確的道路。

異議分子

敏勇兄，您好：

我一直認為你是異議分子，不是詩人。

好久不見你的新詩集，非常期待可以再讀到你的新作品。過去，我總喜歡揶揄你不是專業的詩人。就算你會寫詩譯詩，也會寫散文、小說和評論，我還是對你詩人的腳色存疑。從你為賦新辭強說愁，寫一些浪漫情愫的詩開始，我就覺得你真的不是好詩人。

某年，你拒絕接受全國青年詩人獎後，我開始注意你了，怎麼會有人這麼笨呢？放棄獎項，只為了堅持自己的立場。如果你不放棄，早就成為那個時代有名的詩人了。也許在教科書裡，可以讀你的詩，在各種升學考試中，你的詩將成為題目，讓我可以試著解答。

以前，讀你〈雲的語言〉，總覺得新詩就是要有對仗的詩句，優美的修辭，我差點就學你寫這樣感傷濫情的詩，還好後來讀你寫的〈詩的光榮〉，你教我要當一個詩人，必須讓詩紀錄生活的時代和土地，更要讓詩成為歷史和社會的證言。再讀你〈詩的志業〉，你要求我當一個詩人，不僅要雕琢語字，更要拯救語字。重要的是，寫詩的目的要歌頌土地而不歌頌權力。要當一個獨立自主的詩人，不可和政治權力結構化，也不可等待政治權力分享利益，更不可成為政治權力的傳聲筒或共鳴器。

在偶然的機會裡，你向我介紹「笠詩社」的精神，乃是反殖民和外來政權，並且積極認同本土的創作，實踐文學的抵抗。從創社的跨越語言一代詩人，戰前出生戰後成長的中生代詩人，直到戰後出生與成長的新生代詩人，三世代的詩人承受不同的殖民經驗。你告訴我跨越語言一代詩人選擇以「笠」作為詩社名，就是要區隔「皇冠」的浮誇，當然也是想區隔當時現代派等詩社外來的文化標誌，抵抗臺灣詩壇的文化霸權，延續臺灣詩人文學抵抗的精神。幾十年來，我一直記得你說過的話，努力的寫下屬於土地、社會、時代和歷史的記憶。

小時候，常聽父親談起參加八二三炮戰的經歷，他的結拜兄弟在這場戰役中陣亡，他也帶回一些遺物交給結拜兄弟的雙親和妻兒。讀過你的〈遺物〉後，我終於懂得父親說的戰爭故事。你詩中的遺物，慘白的不只是那一條手絹，還有陣亡者的遺容，還有在故鄉癡情等候的妻子，接獲丈夫死訊那一刻慘白的臉色。我同時揣摩陣亡者和妻子兩個腳色的內心世界，手絹是一紙死亡和戰敗的判決書，妻子收到手絹後，便開始腐蝕青春，註定愛情結束。特別是你寫到手絹成為陷落乳房的封條，更見證愛情永遠不會消失。

現在，我認為你不僅是異議分子，更是一個好詩人。謝謝你教我的創作觀，我會堅持下去，我寫故我在。敬祝

平安

何元亨 敬上

二〇一五年十一月二十七日

牽手過圳

二月二十七日晚上，就讀小學一年級的兒子，將電視畫面從卡通節目轉成新聞節目，電視正播放牽手護臺灣活動相關的新聞報導。兒子問我：為什麼要保護臺灣？我愣住了！我思考著如何用最淺顯的語言告訴他：因為中國在福建沿海佈置了將近五百顆飛彈對準台灣，對我們的生命安全造成威脅。兒子接著問：飛彈打過來會怎　樣？我回答他：可能會有許多人被飛彈打死。兒子又問：飛彈這麼厲害，牽手會有辦法保護臺灣嗎？我回答說：就是因為我們沒有辦法以武力來對抗中國，所以才需要用最溫柔的牽手方式，向全世界表達保護臺灣的決心。兒子沉默了些許時間，然後喜孜孜的告訴我：爸爸，明天我們一起去牽手，好不好？我點點頭，內心湧起一股莫名的感動。

二月二十八日中午一時，兒子不斷的催促我趕快出發，我們連午飯都來不及吃完，便騎著摩托車向目的地出發。一路上，感覺摩托車數量比平時多，有些熱情的民眾將小旗幟綁在摩托車的後視鏡上，小旗幟迎風飄揚，彷彿熱情也在風中迴盪。我告訴兒子，我們的目的地是過圳街口。我喜歡「過圳」這個地名，小時候，父母親都會牽著我的手，走過一大片溪谷到花生田耕作，或是到溪床撿拾漂流木回家當燃料。如果只是到附近的田裡，偶爾也要經過大圳溝，父母親也會牽著我的手安全的到對岸去。我把摩托車停在過圳街附近的便利商店前，遠遠的傳來鼎沸的人聲，伴隨著電台廣播的聲音，猶似迎神賽會般的熱鬧景象，充滿歡樂的氣息。

走近過圳街口的人群中，我緊握住兒子的手，在人群淹沒處，隱約可見一張提供簽名的桌子。我牽著兒子勉強擠到桌子旁，我在紙上簽了名，兒子也用他不是很流利的筆劃簽名，我告訴他：簽名代表我們曾經參與過這個活動。佇立在人群中，每個人都議論紛紛，有些人高聲談論著阿扁總統的選情，有些人激動的批評國親提名的候選人，更有些人氣憤的表達對中國部署飛彈對準台灣的抗議。今天的天氣像極了夏天，群眾的熱情更提昇了周圍的氣溫，我用手帕不停的擦拭兒子額頭上冒出的汗珠。淡白色的香煙裊裊飄散在人群中，兒子被煙味嗆得不停的咳嗽。街道上，汽機車放慢速度，駕駛人的目光短暫的停留在人潮處，汽機車排放的白煙混雜著汗水味，那種氣味實在令人作嘔。

交通警察不斷的要求人群往人行道方向撤退，卻怎　也無法順利的擠進人行道。人群不聽使喚的蠶食街道的一點一滴，讓原本就狹窄的街道更擠得水洩不通，汽機車的速度更緩慢了，有的汽車駕駛人索性搖下車窗，豎起大拇指大聲喊：「阿扁仔，當選！」有的駕駛人不停的狂按喇叭與人群中鳴放的瓦斯汽笛聲相互輝映、相互競賽。近中午二時，人群愈聚愈多，幾乎把整個街口都塞滿了。

我的視野裡出現一個坐著輪椅的老先生，推輪椅的人是一個老太太，緩緩的從街道對面走過來。我好奇的挨近他的身邊，輕聲的問：歐吉桑，你實在是令人尊敬，年紀這麼大，腳又不方便，也來參加牽手護臺灣的活動？歐吉桑笑了笑說：少年仔，你知道二二八的時候，國民黨殺了多少臺灣人啊！我們要站出來保護自己的國家，保護台灣人的生命，不可以讓二二八事件再發生一次。兒子問我：爸爸，什麼是二二八？我摸摸頭不知從何說起？歐吉桑馬上接腔並刻意的用不甚流利的「國語」說：小朋友，二二八事件就是國民黨為了要統治臺灣，濫殺我們臺灣人。兒子乾脆問歐吉桑說：那國民黨又是什麼？歐吉桑有點激動的說：國民黨就是土匪黨！我笑了笑，覺得有些尷尬，不知道歐吉桑的說法是否符合正確的教育。可是，看著歐吉桑堅毅的神情和兒子帶著疑問的表情，我只有暫時沉默以對，不過，我還是對歐吉桑豎起大拇指！

身旁不斷感覺人群擦身而過，有一對中年夫婦帶著三個年輕人在我的身旁停下來，那個中年男子高聲的對三個年輕人說：雖然你們讀大學，但是決不會有這種經驗，你們看這麼多人站出來牽手護臺灣！三個年輕人靦腆的笑了笑。中年男子似乎看到我牽著兒子，仔細的打量我後說：先生，你也帶兒子一起來啊。我的腦海中閃過一絲絲的驕傲，回答他說：我本來要帶全家人一起來的。驕傲才剛剛褪去，右前方重新路的人群突然聚集在一起，人群的前方停下一部吉普車，看似在電視上常會出現的立法委員，人群高聲的歡呼，爭相與那位立法委員握手，過了一會兒，吉普車駛離，人群也散去並自動排成一列。架設在分隔島路燈電桿上的播音器，隱約傳來牽手活動即將倒數的時間。

街口的紅綠燈轉換成紅燈時，交通警察示意我們可以就定位了。我和兒子被後面的人群簇擁往前推，人群迅速的集結到街口並主動排成六列，「ㄡ、ㄡ」的歡呼聲此起彼落，我心想應該快接近二時二十八分了，播音器的聲音被吵雜的人聲掩蓋過，根本就聽不清楚播音的內容。我回頭往身後看，所有的汽機車都停了下來，駕駛人的臉上沒有一絲的不耐與抱怨，偶爾在車陣中會冒出幾隻挺直的大拇指。等我回過神，左前方的人群早已手牽手並舉高雙手，我趕緊牽起兒子的左手，我的左手再牽起另一隻陌生的右手，兒子卻卻的牽起旁人的左手。「ㄡ、ㄡ」的歡呼聲在街口瀰漫迴盪，每個人的臉上掛著滿盈的笑容，約莫過了一分鐘，我們才離開佔據的街口。人群依舊在原地逗留不捨離去，我牽著兒子退到人行道上，靜靜的回味牽手　那間的感動，兒子拉拉我的手說：爸爸，回家了！我牽著兒子，離開充滿歡樂的街口。

過圳街，早已不見以前的圳溝，街道上方是高架道路。走在街道上，到處都是熙攘往來的車輛，轟隆轟隆的聲音配合車輛走過橋面的節奏，宛如聆聽一首振奮人心的進行曲。陌生的人群，熱情的雙手，歡樂的笑聲，蒸發到空氣中的各種氣味，交織成一幅感人的畫作。回想每個場景，每個人物，都令人有一股顫慄的感動！我們走過早已消失的圳溝，也走過歷史的圳溝！我們用雙手向全世界宣告保護臺灣的決心。

民主的腳步

我的前半生是臺灣民主發展的關鍵期！幼時，不知民主為何物？每次遇到選舉，鄉間長者總喜歡說：這就是民主。在熱鬧的選舉氣氛下，隱藏著金錢的醜惡，選舉前一夜，鄉間異常寧靜，等待里鄰長到家裡指示投票對象，順便領取「走路工」工資。幼時的一幕幕景象，不禁讓我對民主是金錢疊構而成的經驗產生絲毫質疑？巧遇「美麗島事件」發生的年代，三臺電視新聞不斷播放施明德、黃信介等人，顛覆政府罪行重大等訊息，整個鄉間燃起同仇敵愾的浩然正氣，如果可能的話，每個人都願意挺身而出為政府除害。施明德竟也與毛澤東、鄧小平成為同學之間謾罵的代名詞。那時：心想英明偉大的政府豈容一小撮人推翻。只有國父孫中山才有資格「推翻」政府，其他人何德何能？戒嚴的年代，不但有嚴密的思想控制，荒謬的教育方式，更有合理化統治的藉口。常戲稱自己是臺灣民主發展的

「三明治人」；來不及參加戒嚴時期的反政府行動，卻經歷過戒嚴、解嚴、總統民選等民主發展時期，經歷國民黨與民進黨的統治時期。

北上就讀師專，導師與教官不斷遊說班上同學加入國民黨，除了參加黨部開會享有公假外，操行成績也可以比別人高些，如能成為教官的心腹，操行成績更能接近滿分，畢業後更能順利分發。我拒絕不了誘惑，加入國民黨，記得首次參加學校辦的黨部大會，校長是主任委員，訓導主任是書記，導師也是其中的幹部，黨歌就是國歌，種種情景都令我相當震撼；原來師專是國民黨開的。「反對」的幼苗正在我的心裡滋長，開始對國民黨控制校園的行為，一方面感到不可思議；一方面感到不齒。之後，我不再參加國民黨的任何活動，也開始不服教官的管教。

師專三年級，某個假日到龍山寺拜拜，巧遇反對人士在廟前廣場集會，擁護政府與反對國民黨矛盾的心理，不斷在內心激盪。滿是憲兵與警察的街道上，生平第一次親自看到只有在電影裡才會看得到的景象，肅殺的氣氛在空氣間凝結，我也被肅殺的氣氛所感染，心跳加速，不停的冷顫。透過憲兵與警察交織而成的人牆縫隙，隱約可以看到頭綁布條的反對人士，卻看不出他們有任何驚恐的表情。此起彼落的哨音催促路人趕快離開現場，一股山雨欲來的衝突即將引爆，我加快腳步離開，腦海中卻浮現兒時的電視畫面：追緝施明德等罪犯的畫面。心想，在龍山寺前廣場的那群人，也許又將成為電視新聞報導的另一個施明德。回到學校後，我不敢與同學、師長、教官分享所經歷過的事情。

畢業前夕，學校對男生宿舍要求添購脫水機不願正面回應，同學要我以學生會長的身分，出面與總務主任協調，卻未獲得美好的成果。心想：畢業前，總得為學弟做些事情，找了幾個同學製作海報，利用半夜，翻牆到校門口、總務處前貼海報，抗議學校輕忽男生的需求。隔日清晨，總務主任親率教官到宿舍叫醒我，質問海報的事，並威脅將我退學，我故作沉默不以為意。後來，導師、總教官、訓導主任分別約見我，他們告訴我：師專創校以來，還未曾出現過反對學校的聲音與行為，希望我認錯並切結絕不再犯，我依舊沉默回應。畢業後，我終於符合師長的期望：分發至鄉間偏遠的小學服務。

初任教職，恰值尤清選臺北縣長，選前，學校承辦校長會議，竟是輔選國民黨候選人的會議，更誇張的是校長在全校師生面前，公開說尤清是壞人，千萬不要選他當縣長，我的內心氣憤不已，卻無力反抗，只能暗暗立誓，今後必以推翻國民黨政權為職志。二年後，我選擇離開這所學校，調動至淡水河邊的小城市任教，反對的幼苗在這所城市小學長成。

那個時代，即便是臺灣人屬性的李登輝擔任總統兼任國民黨主席，卻也難脫國民黨「類殖民」統治體制的本質；掌握政經資源，特別嚴控媒體，成為統治的工具。為對抗國民黨政府掌控的大眾傳播媒體，突破黨國思想的禁錮，也為追求更多真實的聲音，代表在野、人民的「地下電台」蓬勃發展，開啟小眾媒體對抗大眾媒體的時代。透過友人介紹，到「獨立放送頭」、「基層之聲」地下電台擔任主持人，批判國民黨的統治體制，宣揚獨立建國與民主改革的理念。當時，地下電台受到調查局及情治系統全面監控，不出意料之外，經過一段時間，調查局人員到學校對校長施壓，並對我進行簡單的晤談，言談之中，他們要我立即停止到地下電台發聲，否則教師工作恐不保，還可能觸犯相關法律及刑責。等他們離開學校後，校長面有難色的告訴我：不要插手政治，以免遭人非議。校長也好心的要我想想教職工作得來不易，應該珍惜才對，我心想校長應該受到沉重的壓力。後來，我還是堅持自己的理想繼續到地下電台發聲，不理會調查局的騷擾。

李登輝接任總統時正值解嚴初期，各種訴求的遊行示威活動，在臺北街頭上演，那段時間的街頭運動，我幾乎無役不與，廢除刑法一百條，保障思想自由，反對郝柏村組閣，反對軍人干政，震驚海內外的五二〇農民運動等。我期盼以自己微弱的力量，突破臺灣的民主困境，我要用雙腳寫下民主發展的歷史。臺灣人民期待臺灣人總統李登輝，可以加速民主改革的腳步，初期，李登輝未能確實掌握實權，得與黨內非主流勢力妥協，並無法立即回應在野黨的要求，做全面性的政治改革。記得為推動總統直選，在野的民進黨發起大規模的示威遊行，我跟著群眾的腳步，將推動總統直選的種子灑播在首都臺北的街道上。國民黨內部保守勢力，堅持所謂的總統「委任直選」制度，一方面可以輕易奪回總統權位；一方面要讓臺灣人當家做主的夢想幻滅，深一層的意義是國民黨依舊希望繼續殖民臺灣，保障少部分人的政治利益。為了總統直選或委任直選的議題，時任立法委員的陳水扁與馬英九在臺灣大學舉行過一場精采的辯論。國民黨內部委任直選的聲音澎湃而來，李登輝總統對於在野黨及廣大臺灣人民的民意壓力下，順水推舟，封殺黨內「委任直選」的聲音，全面推動總統直選的政治改革。

西元一九九六年，臺灣可以驕傲的向全世界宣告，我們可以自己選總統，結束四百年來的殖民體制。一向自許有五千年歷史的中國人，恐也難期盼總統直選的機會。李登輝總統挾「臺灣人」及外來政權代表的矛盾屬性，順利當選首次民選總統。隨後的憲政改革，為防止民選省長宋楚瑜「葉爾欽」效應擴大，修憲凍省。此舉引來宋楚瑜勢力的反撲，也種下日後政黨輪替的遠因。一九九九年七月九日，中華民國總統李登輝接受「德國之聲」錄影專訪時，提出「一九九一年修憲以來，已將兩岸關係定位在國家與國家，至少是特殊的國與國的關係」，李登輝抛出近乎民進黨主張的臺獨訴求：「兩國論」，企圖以中國的文攻武赫及臺獨勢力的混淆認同等兩股震撼的力量，幫助連戰可以順利入主總統府，豈料在宋楚瑜的省長魅力下，國民黨內勢力分散，臺灣社會厭惡國民黨黑金政治的本質，充滿「變天」的氛圍。西元二〇〇〇年，國民黨連戰、宋楚瑜分裂成二組總統候選人，民進黨則提名臺北市長連任失利的陳水扁。在三強鼎立的局面下，陳水扁以些微差距贏得總統大選，臺灣進一步告訴世人：以民主的方式完成政黨輪替，完成世人所稱羨的和平革命。

西元二〇〇四年，連戰與宋楚瑜搭檔競選正、副總統，聲勢如日中天，歷次歷家媒體所做民調都近乎兩倍高於陳水扁的支持率，泛藍群眾始終認為可以再次奪回政權，民進黨氣勢一度消沉至谷底，選舉前夕「二二八牽手護台灣」，澈底從谷底攀升，甚至在民調上出現黃金交叉線，縱使泛藍群眾認為選前的「二顆子彈」是敗選主因，卻無法了解臺灣人渴望擺脫外來政權統治的束縛。我常以為今生不愧到世間走一遭，可以為臺灣的民主改革進一份棉薄的心力；更可以享受政黨輪替的甜美果實，以我的生命史來見證民主發展的歷史，彌補祖先的遺憾，為後代子孫踏出民主的腳步！

臺灣就是我們的國號

我們必須認清國際現實：「一個中國」是國際上普遍且合法的認知。我們必須要爭取「一個臺灣」在國際上的普遍認知與合法性。

自西元一八九五年以後，臺灣未曾接受中國政府有效的統治，何以逼迫臺灣人民接受「臺灣是中國的一部分」的論調。我們必須認知國家的組成具有三個基本要素：人民、土地、主權，臺灣自蔣介石政權佔領後，就具備國家的要件。直到今日二十一世紀，臺灣當然具備建立國家的要件，我們豈可妄自菲薄！

我們要建立一個全新的國家，不祇是獨立而已。如同波羅的海三小國般，面對蘇聯軍事強權的威脅，勇敢的向全世界宣佈獨立建國。臺灣現況遠比波海三小國更值得世人矚目與期待，我們必須面對中國的軍事威脅，也必須顧慮美國的軍事利益，更必須肩負起亞太地區和平的重責大任！國際的環境對我們是有壓力的，但臺灣內部的矛盾與紛爭，更需要我們去化解。我們必須承認臺灣與中國有不可分割的血統、歷史與文化，在政治上，我們要勇敢的切斷與中國的歷史糾結，如同美國切斷與英國的歷史情結般；又如同新加坡、烏克蘭、克羅埃西亞等切斷與母國的關係，更要學習以色列人建立新國家的精神與行動力。

我們必須承認：臺灣要建立一個全新的國家，便得面臨中國強大的武力威脅，但也不要忘了，中國內部也有民生、種族、軍事領導與鄰國糾紛等問題。一旦中國對臺灣開戰，中國也有可能步上蘇聯解體的後塵。何況美國、日本、韓國及亞太地區國家為了本國的利益，會坐視不管嗎？為了建立新國家，全體臺灣人民需有不惜一戰的心理準備。臺灣能否建立一個新國家？取決於臺灣人民能否團結一致，展現建國的意志力。歷史證明凡是發動侵略的國家，終將失敗；第二次世界大戰日本侵略中國，十幾年前，伊拉克侵略科威特等。全世界的國家都知道：中國與臺灣的關係是國際問題而非國內問題，我們又何必陷入中國宣稱「臺灣是中國的一部分」的泥淖中？

臺灣對外交流，有太多莫名其妙的稱呼。中華臺北、臺北經濟文化代表處、遠東國際貿易中心等，何者能讓國際友人清楚的知道是臺灣的代表處？尤其以「中華民國」更是荒謬，我們都知道「中華民國」曾經在西元一九一二年建國，也在西元一九四九年被「中華人民共和國」繼承其在中國的統治權。「中華民國」旋即佔領剛脫離日本統治的「臺灣」，蔣介石政權並以「中華民國」國號繼續苟延殘喘。就因為「中華民國」國號中，含有中國的字眼（Republic of China），在國際認知上，便具有對中國的統治權，與事實完全不符，沒有人會承認「臺灣就是中華民國」的論點。我們要捨棄歷史的包袱，勇敢的向世人宣告「臺灣是一個國家」。

世界上當然只有「一個中國」；也必然只有「一個臺灣」。我們不需要爭取「一個中國」的原則，我們迫切的需要是爭取「一個臺灣」在國際上的生存權。以臺灣的經濟優勢，世界各國及聯合國沒有道理排斥我們參與國際社會。要讓臺灣走出去，要讓四海之內的臺灣同胞在國際上抬頭挺胸，臺灣就是一個國家，臺灣就是我們的國號，不要再捨近求遠去拼湊一些莫名其妙的稱呼。讓生活在這塊土地的人們，名正言順的享有與其他國家相同的參與國際事務的權利。我們要讓世人再次為臺灣喝采！

臺獨原形有何不好？

回應郭正亮先生撰〈民進黨震回臺獨原形〉一文。

民進黨存在的核心價值只是中央執政嗎？若真是如此，就太小看了臺灣人了，回想過去，民進黨受到臺灣人支持的理由是什麼？

第一個理由是衝破威權體制。第二個理由是堅持臺灣主權，建立臺灣共和國，也就是臺灣前途必須由臺灣人決定。第三個理由是制定一部屬於臺灣的新憲法。第四個理由是清廉勤政愛鄉土。不過，現在這些理由都生鏽了。

讓民進黨震回臺獨原形吧！不要說太長的時間，就從美麗島事件開始吧，追求臺灣獨立的理想，也有三十幾年了。兩岸國共對立的年代，台灣全力對抗中國的武力侵犯，因為美國還有保衛臺灣的利益，勉強撐得住。回頭看看，這還不算是臺灣最危險的年代，現在才是，臺灣要同時對抗中國武力與經濟的侵犯，美國也許冷眼旁觀，臺灣人再不團結，還撐得住嗎？

臺灣維持現狀不就是如此嗎？最多就是二十幾個邦交國。從小，老師都教我們兩國來往要基於平等互惠原則。現在呢，政府官員告訴我們，因為沒有正常的外交關係，所以在各種談判上，無法像一般正常國家的外交關係。若真如此，為何不讓臺灣國家正常化？

臺灣人民鬱悶的是；比我們土地小、人口少、落後的國家，都能夠在聯合國佔有席位，在國際場合拿自己的國旗、唱自己的國歌。有人以為正名、制憲對日常生活並無急迫性，聽起來似有點道理，其實不然。

國家正常了，我們可以教孩子完整的臺灣歷史、臺灣地理；臺商到世界各國做生意，可獲各國政府的尊重與法律保障；國家運動代表隊可以不再受「奧會模式」所箝制；國家正常了，潛逃至外國的重大罪犯，可以順利的引渡回國；我們的產品出產國可以標示得更清楚；政治不再有意識形態，藍綠不再惡鬥；我們不再有國家認同的混淆，我們會更有自信地與世界各國競爭；不論教育、經濟、政治、社會、司法各方面都會正常。

誰還能說追求國家正常化不重要呢？我們辛勤的為生活打拚，為的是什麼？不是為了要讓孩子有更好的生活，可以與各國的孩子自由公平的競爭！追求國家正常化當然跟拚經濟一樣重要，沒有孰輕孰重的問題？

世界上當然只有「一個中國」；也必然只有「一個台灣」。我們不需要爭取「一個中國」的原則，我們迫切的需要是爭取「一個臺灣」在國際上的生存權。以臺灣的經濟優勢，世界各國及聯合國沒有道理排斥我們參與國際社會。要讓臺灣走出去，要讓四海之內的臺灣同胞在國際上抬頭挺胸，臺灣就是一個國家，臺灣就是我們的國號，不要再捨近求遠去拼湊一些莫名其妙的稱呼。讓生活在這塊土地的人們，名正言順的享有與其他國家相同的參與國際事務的權利。我們要讓世人再次為臺灣喝采！

民進黨執政時代，被在野黨批評為「鎖國」，現在國民黨執政了，也是鎖國；把臺灣鎖在中國。臺灣處處仰中國鼻息，怎能看見世界其他國家和煦的陽光呢？

認同的追尋

全世界不會有一個國家像臺灣一樣有認同混淆的問題。走在島嶼的街道上，隨便找幾個人問問你是哪裡人？通常會有三個不同的答案；臺灣人、中國人、是臺灣人也是中國人，如果再追問你的國家叫什麼名字？答案應該也至少會有三個；臺灣、中華民國、中華民國在臺灣。有趣吧，這是臺灣人身分與國家認同的混淆，追究遠因當然歸咎於外來政權統治心態與移民社會所必然造成的認同混淆。再看看我們的駐外使館，國家名稱可真是繽紛多元啊。大部分人並不以為意，只要經濟面穩定成長，管他政治面是否正常？喚一聲「臺灣」偉大的祖國，竟要歷經數百年還不克自然。

我們的祖先遠渡黑水溝到臺灣定居，不論先來後到，不管是逃避戰亂或另謀生路，除了島嶼上原住民外，誰敢否認祖先來自於中國？也就因此，克服不了祖國究竟是中國或是臺灣的迷思。想想看，就是因為追求建立美好的家園才會遠離原鄉，遷徙到臺灣，腳踩的地，頭頂的天，呼吸的空氣等全都是臺灣，有誰還要否認祖國臺灣的定義。

認同的追尋在臺灣是一條艱困的道路，看看我們的運動員到國外參加比賽，聽不著國歌響起，見不到國旗冉冉升起，尚未比賽，自信心卻已少了一大截，就算實力比對手強，也掩蓋不住沒有國旗和國歌相伴的遺憾。在美國職棒大聯盟發光發熱的王建民，每當他出賽時，美國現場轉播電視畫面會呈現一幅簡單的臺灣地圖，介紹他是來自於臺灣臺南的投手，此刻，不再有人對王建民是臺灣人產生絲毫的質疑，內心也自然湧現生為臺灣人的驕傲。可惜的是當球賽結束，有一部分人又產生身分認同的混淆了。

生活在臺灣，根源在臺灣，還有什麼障礙阻止我們對臺灣的熱愛。祖先到臺灣來延續族群的命脈已經數百年了，也建立了美麗的家園，我們有什麼理由放棄這一切，豈敢違背祖先渡海遷臺的偉大夢想。在國內，我是臺灣人的認同必須更堅定；到國外，我是臺灣人的認同必須更堅持。對於國家認同，要堅信臺灣是我們唯一的祖國，學學東帝汶、科索沃及波羅的海三小國，面對同種族的外國勢力的威脅，依舊建立屬於自己族群記憶與國民想像的新國家。「一個中國」舉世皆知，該努力的是要讓「一個臺灣」在國際上立足，追尋身分認同是國家認同的基礎，唯有國家認同的一致性，國家記憶的共同點，我們才會有力量抵禦敵國的威脅，也才會有自信與其他國家在國際舞臺競爭。

這次，洪仲丘！下次呢？

伊是咱的寶貝！

多少年輕的孩子，和他一樣，期待服完兵役後，展開亮麗的人生。軍中惡意管教陋習，很久了吧，不會因為時代改變，而做大幅度調整。問問身邊曾經服過兵役的男人吧，有誰不曾遭遇過呢？軍方總有一套華麗的說詞，合理的要求是訓練；不合理的要求是磨練！多麼冠冕堂皇，多麼正氣凜然啊！

惡意管教、形式或實質霸凌，是會被合理傳承的，甚至是被鼓勵的，被大多數人默認的，特別是軍中的長官們。不僅軍中，甚至還擴散到公務系統，各級學校，各類型及各層級球隊和我們的生活中。每隔一段時間就會報導出不當管教的憾事，追根究柢，是我們的人權觀念過於薄弱。

以教育的立場，看孩子犯錯，要多一些包容，少一些責罰。因為是孩子，要讓孩子有犯錯的空間，要讓孩子學習如何導正自己的錯誤。這次是洪仲丘，下次呢?也許是你或我的孩子。我們豈能冷眼以對，我們要努力的持續關注臺灣的社會人權。願我們的孩子，在學習及成長的過程中，都可以保有免於恐懼的天賦人權。

誰在「暴」民?

慟!為受傷的孩子和警察朋友不捨!

沒有參與過抗爭的人，永遠無法了解抗爭群眾的心情!如果老是站在衛道的第三者，當然可以冠冕堂皇。當代議政治失去功能，街頭運動成為達成全民參政的另一種方式，為了避免街頭運動造成流血衝突，真正的民主國家，設計了「倒閣」、「解散國會」、「公民投票」等，探求真正的民意。真正的民主國家，行政、立法、司法三權分立與制衡，還有媒體第四權。我們呢?

沒有去過立法院現場的人，不要再輕易的說大學生是暴民了!去看看吧，連垃圾都做分類，連毛毯睡袋都排得整齊不紊，孩子們安靜的坐在馬路上。想想過去的歷史，黃花崗烈士在革命尚未成功的時候，清廷稱呼他們為暴民。日治初期，多少臺灣人抗日死傷無數，日本政府也稱他們為暴民。孩子們有武器嗎？有武器的是國家公權力，警察朋友有防禦的盾牌，攻擊的長短棍和噴水車，當然還有催淚瓦斯等還沒有機會展現出來的強大武器，大學生抵抗警察驅離猶如「雞蛋碰石頭」。

想想國共對立的年代，我們的經濟表現依舊亮眼。與中國簽訂各種協定，不是「逢中必反」，而是要平等互惠，但我們確認自己有完整的國家主權了嗎？

想想我們自己，有沒有像太陽花的孩子那樣的有組織能力？有沒有那樣的勇氣？如果沒有，請別再說孩子們是暴民了！

想想學運是民進黨策畫的這句話，如果民進黨有辦法，早在立法院就解決了。學運領袖和其他的孩子們，層次應該不會這麼低吧，何況反對的力量結合在一起，沒有什麼值得大驚小怪的。

拜託大家談論太陽花學運，不要僅從道德層面，要論及民主、政治及法律層面，多方評論才公平。如果這麼簡單，就全推給教育好了，全推給學校沒教好這些孩子，那豈不更簡單？

拜託有權力的人，蹲下來和孩子一樣高吧。和孩子們談一談，並不會損及官威，反而會受人民尊重。大家一起想想吧！

體罰不是萬靈丹

如果要把孩子教好，只能靠體罰，以暴制暴，那麼請老師退出學校，交給黑道吧！

家暴和暴力攻擊是會世襲的，看看暴力犯罪人的成長背景，大都在暴力環境下成長，模仿暴力行為可以達成特定的目的。學校是教育「人」成為「人」的過程，教育這個「人」脫離動物野生的暴力本能。

〈零體罰害死臺灣人〉文中，提到許多霸凌的案例，我承認在學校偶會發生，但校長、行政人員和老師，在預防層次做了多少努力？面對發生霸凌事件時，有無立即反映立即處理？學校有迅速確實的通報機制，只要不刻意隱瞞，校長可以馬上得知霸凌事實。但遺憾的是教育人員努力一味掩蓋事實，不敢面對，特別是面對媒體採訪。

文中也談所謂世界先進國家的處罰措施，那確實是處罰。臺灣也是先進國家啊！誰敢說不是？我不贅述「體罰」和「處罰」的差別，以我的年代為例，特別記得國中小老師狠狠抓住我雙耳，提起我的身體上下抖動；用藤條猛抽手心和手背；罰半蹲；罰跪；罰交互蹲跳；罰青蛙跳……當然，你會說我不乖，我也承認；偶爾調皮作弄同學，偶爾考試分數不如老師意，就得遭體罰，一輩子忘不了。連像我這樣可以站在講臺上當老師當校長的人，都會被如此對待！想想那些學習落後的孩子會怎樣？

校長和老師的心態很重要，為了息事寧人，如果喜歡大事化小，小事化無，那就真的如文中所說：教育把孩子變成異形和怪獸。想想吧！老師有沒有充分發揮專業的教育愛和關照能，到底把「老師」當成職業還是志業？提到管教，只剩體罰一途嗎？我們不是都學過因材施教，有教無類，諄諄教誨，循循善誘，比馬龍效應……的教育原理原則，管教是可以適當且依比例原則來做處罰的，可以罰站，可以抄寫，可以跑操場，可以勞動服務……這些措施跟憲法保障人權有何關係？跟解聘老師有何關係？如果老師不儘管教責任，才真的要解聘！校長呢？有沒有給老師完全合法合理管教的支持，還是遇到家長抗議或者以投書媒體要脅就退縮，甚至要求老師睜一隻眼閉一隻眼呢？

教育人員如果抱著「別人的小孩死不完！」的心態，消極應對，姑息養奸，才真的會造成無數的怪獸，也會間接傷害到教育人員自己的小孩。

我比較不相信體罰可以澈底矯正孩子的偏差行為，從小，我媽媽因為懷孕的痛苦，被我吵著要背我走路，打過我一次。我爸爸因為我們兄弟去溪裡游泳，罰跪過一次，就這樣而已。每次，我犯錯，就是念一念，要我想一想，我也可以反省自己朝向良善的方向前進。像我曾經在學校被體罰過無數次的人，回到家可以暫時擺脫體罰的環境，我要告訴你，我沒有變壞，也一直默默奉獻自己的心力，守分盡責。

我的孩子被體罰

我服務的學校有我喜歡的棒球隊，棒球隊的教練因體罰球員，被我解聘，永不錄用。很不幸的，我的孩子上國中也參加籃球隊，也被教練和任課老師體罰。

孩子從小就喜歡籃球，小學畢業後考上三重光榮國中體育班，繼續追求籃球夢。我也知道，我的孩子不是乖乖牌，有時說話不得體，有時做事較草率，有時會作弄別人，有時上課會和同學聊天。這些行為都不是老師和同學喜歡的，甚至令人討厭。我也經常提醒孩子，別因為自己的言行傷害別人。但孩子畢竟是孩子，會犯錯，也會忘記大人的叮嚀。

在光榮國中體育班，我從不要求他的學業成績要名列前茅，只需要聽教練和老師的指導，做好份內的事。但他總偶爾會出錯，有一次，出拳打傷男生的眼睛，更有一次，拿雨傘戳女同學的臀部，這樣的行為，已經傷害到別人，妻也帶著他向對方家長道歉。教練被他接二連三的錯誤惹毛了，要他退隊。我問孩子要不要繼續打籃球，如果要，我可以去拜託教練再給他一次機會，但他必須改過所有傷害人的行為。為了繼續追求籃球夢，他要留在籃球隊，我也向教練拜託。

可惜，孩子總是健忘，偶爾還是會惹出一些小差錯。有一次，忘記帶跳繩，被教練狠狠的用椅板打屁股，屁股瘀青一大片，我看了好心疼，並生氣的要對教練提告。孩子要我別這樣，他說自己也有錯，忘記帶跳繩，拜託我原諒教練，因為上次教練要他退隊，後來也給他留下來的機會。我考慮許久，和他再次商量，他堅持原諒教練體罰的行為，這次，我退卻了，但我告訴他，不會再有下一次了。

八年級上學期，他帶著隊員到苗栗比賽，有幾次先發的機會，他很開心可以上場比賽。但接下來教育部辦的國中聯賽，先發的機會就沒有了，他開始有些失落，偶爾會抱怨，球隊只要有人犯錯，教練都會處罰全隊，跑三十圈操場，美其名是練體能，其實是體罰，跑完後，教練也會以某人不認真跑，再處罰全隊跑二十圈。他也說因為要參加國中聯賽，教練的重心放在九年級的學長，很少教他們七、八年級的隊員基本功或戰術演練。他開始有點沮喪，認為自己不夠強，才排不上先發，也認為無論自己如何努力？也無法在籃球路上可以和其他高手競爭。

經過一段時間，他主動向我要求轉學，離開籃球隊，我給他一個星期考慮，別輕易放棄自己的籃球夢。他還是堅持要放棄了，我幫他轉學到家附近的私立中學，他本在學業成就落後，到私立中學後，落後更多。每次評量，總是倒數，但他樂觀得很，也相信人生不是只有分數而已。但我看得出來，他依然喜歡籃球，在班際籃球賽時，他組織班上的籃球隊，購買比賽用隊服，擔任班上籃球隊總教練兼主力球員，我看到他又開始活耀在籃球場上。果然，他的班勇奪班際籃球賽冠軍。

不知什麼時候，他告訴我還想再打籃球，並且說新竹縣員東國中的籃球教練要他去測試看看，如果通過測試，可以轉學繼續打籃球，還說教練答應他要帶他打甲組國中聯賽。我給他一個微笑，告訴他打籃球而已，不必跑那麼遠，留在三重也可以打。但是，八年級下學期末，他告訴我暑假開始就要到新竹練球，我以為他開玩笑的，沒想到，他自己搭客運去新竹，然後就留在那裡了。

暑假期間，他不斷跟球隊到處比賽，沒有比賽時就練球，我也完成他的要求，幫他再次轉學。前幾次的比賽，他很明確的拒絕我去觀賽，就跟國小時一樣，他不想讓隊友說他是因為爸爸是校長的關係才能獲得先發的機會。但我也嚴肅的告訴他，我學校棒球隊誰有實力誰就先發，不會因為誰的關係才可以先發，運動是靠實力不是靠關係的。何況，棒球比賽時，我也不會向教練要求讓誰先發，當然也就不會要求他的教練要讓他先發。我也隱藏自己是校長的身分，沒有主動告訴教練我的工作。經過幾次比賽，他才同意讓我和妻去為他加油。教練也從旁得知我是校長，但我從不干涉教練的一切。

經過四個月的苦練與磨合，教練帶著他和隊友闖進全國甲組聯賽十六強，預賽時，對戰昔日的戰友，他有點近鄉情怯，得分表現不如和其他國中比賽時的狀況，教練換下他，讓他在場邊觀戰。我問他為什麼會綁手綁腳？他只回就覺得怪怪的。拿到十六強門票後，他們更積極備戰將來的賽事。

某天晚上，他透過Line傳了一張紅腫的相片，妻還問他是否皮膚過敏？他打上幾個字：「中午，自然老師叫我起床，先拿圓規尖尖的戳我傷口，還拿木板打我。」我氣壞了，怎會又遇到體罰這事，我反對體罰，怎麼體罰接連發生在我孩子身上？這次，我決定鐵下心來，不再原諒老師了。隔天一早，我立刻發了封E-Mail給校長：

敬愛的〇〇校長好：

我只是一個父親，要為孩子找到舞台的父親。

首先，感謝你及師長還有教練對我兒的照顧與提攜，讓他找到自己的舞台。我兒轉學到貴校，內心有無限的不捨，總覺得他年紀小，無法照顧好自己，也放心的交給貴校的師長及教練照顧，但，事與願違，昨天發生體罰，我非常遺憾與難過。

關於自然老師，我相信他是一個認真的好老師，怕剝奪孩子的學習權，午睡後的第一節課，急著叫我兒起床，我兒睡過頭，確實有疏失，但不是滔天大罪。我認為老師的手段太激烈，一個專業的老師應該會有更佳的方法才對，一個名師，會讓學生期待上課，不是因為課表上的排定，而必須上課，成為一個專業的老師本應以專業自許。

教改近二十年，零體罰早成為世界潮流，很可惜，自然老師未能體認及專業成長，我也覺得遺憾，不是我的孩子被體罰，我才主張零體罰，自師專畢業後，我極少用體罰的手段，完成教學成效，除非孩子有品德上的偏差，我才會做，但絕不會在孩子身上留下無法抹滅的傷痕，而且會告訴孩子哪裡錯了？要及時改正。

我對這件事的主張：

一、請學校立刻召開考核會。

二、自然老師懲處應至少兩支小過。

三、呼籲考核會成員勿師師相護。

四、請自然老師切結永不再犯，對所有的孩子，都不能體罰，更不能藉故刁難我兒。

我們都是為人父母，誰可以接受這樣的事情？請告訴我。謝謝校長，我只是一個父親而已。附件相片供參，感謝！

敬祝 校務昌隆

何元亨 敬上

2015.11.17

他學校的校長確實也依照我的要求懲處體罰孩子的老師，我的目的其實不是懲處老師，而是希望老師要更有專業素養，讓學校真的做到零體罰的理想。

回家真好

不曾離家遠赴外地求學或工作的人，無法真正珍惜「家」的溫暖。那種離家的感覺，彷彿飛舞在天空的風箏般，透過線的牽扯感受家的存在，繫住個人與家的綿密關係。

國中畢業後便離家北上求學、就業，迄今已有二十餘年，雖然也組織了新家庭，對於原生家庭的眷戀與牽掛仍絲毫不減。每每在工作上遇到挫折與困難，除了新生家庭甜蜜的溫暖外，還有原生家庭豐盈的鼓勵。工作的繁忙，讓我不得不減少返鄉的機會，總盼望著重大的節日來臨，才有機會擺脫現實的束縛，返回故鄉的家。

每次開車返鄉，車行在高速公路上，從眼尖驟逝的風景，猶如褪去一件件沉重的負擔，心情也隨之輕鬆愉快，每過一個收費站，「回家」在心裡倒數。下交流道一剎那，腦海中瞬及閃過「到家了」的念頭，即便還要穿過蜿蜒的鄉間小徑，這時，總習慣搖下車窗，聞聞窗外青草與泥土的芳香氣味，那是從未改變而且僅屬於故鄉的味道，令我懷念且回味。田野景色隨著返鄉季節不同而相異，有時是翠綠稚嫩的秧苗；有時是迎風搖曳的稻浪；有時是閃亮金黃的稻穗；有時是黑褐的土地參雜些許青綠的雜草。景色雖有不同，故鄉與家的情愫卻未曾改變過。

到了家門口，緩緩倒車進庭院裡，年邁的雙親帶著慈祥的笑容迎接我們，抱抱許久不見的孫子，親切的打量我、妻與孩子，長高或長胖或變瘦。在父母心裡，我永遠是他們的孩子，總叫我不要熬夜、不要太累，和小時候的禁令又有些不同，只是感受變了，小時候覺得是囉唆，現在卻覺得是甜蜜的叮嚀。在雙親面前，我才可以真正褪下剛強的面具，恣意展現柔弱的一面。也可以再次享受被照顧被疼惜的幸福感。這也是自己當了父親後，所想要追尋的感覺。

回到故鄉的家，我習慣尋覓童年的足跡；春天，到田裡抓蝌蚪，享受蝌蚪在掌心搔癢的成就感。夏天，到溪邊戲水，聆聽童年的笑聲。秋天，到山上灌蟋蟀，享受與蟋蟀競逐的快感，冬天，到田裡爌土窯，再聞一聞泥土的焦香味，嚐一嚐地瓜的美味。「家」的記憶，隨著年紀增長愈來愈深刻，想要挖掘完整的記憶，卻總會有些許缺憾，總會有一些人、一些事早已消逝，偶爾會有景色依舊人事已非的蒼涼。不過，故鄉的「家」確實讓我真正擁有一個完整的家的感覺，以前的家是成長的根本，現在的家是歡樂的城堡。

代理校長的日子

二〇一一年十一月十一日，六個阿拉伯數字1，這是一個值得紀念的日子。這一年第四季，新北市學校午餐弊案熱燒，許多現任校長遭停職，我當時是候用校長，借調教育局，這一天，我獲派代理板橋後埔國小校長直到學年度結束。

近午時分，初到後埔，駐區督學和四處室主任在校長室等我報到，簡單寒暄後，便到各班巡視學生午餐情形。我清楚得很，要先穩住校內不安的氣氛，可以站在講臺上當老師的人，大部分從小都是品學兼優，奉公守法，應該很難接受校長被羈押在看守所這種事。我更清楚自己只是「過客」，但期許做「歸人」所該做的事。讀師專第一天開始，我就立志要當校長了，今天，終於實現。

這所學校人好多，第一次聽孩子下課的聲音在校園迴盪，第一次開教師朝會，我粗略算了算，約有兩百個老師。比我原來服務的學校多出將近三分之一的老師，但開會的情境相去不遠，大都是行政照本宣科，行禮如儀，老師也沒什麼意見表達，沒有互動的開會真的令我難以接受。

第一次開行政會議，我永遠記得，主任們好意要我什麼事也不必做，就放手給他們依照慣例做事就好了。我聽了覺得奇怪，怎會這樣說呢？也許他們覺得我只是代理校長，任期才八個月左右，不像一般正常的校長任期有四年，別花太多心思在這裡，只要平順的撐過代理期就算功德圓滿了。但，這不符我的人格特質，我始終記得以前的校長告訴過我的一句話：做一件事，像一件事。

試著扭轉前校長被羈押的新聞負面形象，我開始要求處室主任辦活動時，要順便發新聞稿給教育局，讓校園內正面的活動內容，讓更多人知道，沖淡一下媒體對午餐弊案的報導，重新打造學校的形象。主任們一開始不習慣，連新聞稿都不太會寫，我還得找些我以前寫過的範例讓他們參考，也稍作修改。我想他們過去應該不太需要行銷這所學校，因為沒有招生的困境，學校品牌也一直響亮。

寫公文這事也是困擾，我把教育局學到的公文格式與內容應用到學校，可能還有行政夥伴對於「請查照」或「請鑒核」兩個詞，該如何使用還不是很清楚。我必須一件一件公文做更改，反正，能教幾件算幾件，教久了應該就會順利上手。每當我更改公文時，行政夥伴總看著我，一副不可置信的樣子，以前這樣寫都行，怎麼遇上我就不行。

板橋區廖裕德議員是後埔校友，在十一月底前要送後埔一個大禮物，廖議員的配合款約有三百多萬，要給後埔改善演藝廳空調設備，要我備妥計畫書到服務處找他。我請總務主任及時處理這事，也給他以前我當總務主任所寫的計畫書供參。廖議員的服務處在土城，記得那天下著雨，我對土城路況不熟，但仍準時到達。廖議員很親切的告訴我後埔的過去，他如何努力爭取經費改建新校舍，我也表達感謝，即便我只是過客。廖議員說三百多萬的配合款，就當送給我到後埔來的禮物，我趕忙道謝，並趕著回校，要總務主任立刻行文給教育局，趕在年底前讓計畫通過，明年才能辦經費保留，過完年就可以發包，暑假施工完成，下學年度開學，演藝廳便會有新穎的空調設備。約莫過了一星期，已經十二月初，我再問總務主任，怎不見計畫的公文，主任支吾其詞，因為他從沒處理過類似的配合款，又被教育局承辦人責備了一下，午餐弊案的陰影又弄得人心惶惶。就因這些理由，他把計畫擱置著。這時，我有點生氣，我明確的告訴他，教育局承辦人部分，我會再溝通，將來若有不法責任我會完全承擔，不會牽連任何一個人。說完這種話後，果然效率驚人。隔天，他馬上送出計畫公文給我核章，並直接送達教育局承辦人手上，也順利在年底前核定通過，隔年暑假施工時，我早已離開後埔。

承接前校長發包的運動場暨跑道更新工程，在三月底前需完工驗收，我和建築師事務所及得標廠商開過許多次工程協調會，我要求在寒假密集施工，才不會影響學生活動及上課。廠商表示怕施工期短，無法順利完工，要求自十二月底開始施工，我同意廠商說法，但大型機具需要利用假日進工地，保障親師生的安全無虞。

操場成為工地後，圍籬阻隔教學區與活動區，學生活動範圍變得更狹窄，我緊盯住廠商施工進度，又遇到連續下雨的日子太頻繁，工程進度一直落後，好天氣時，催廠商快點進場，廠商卻以別的工地也趕工為由拒絕。我實在受不了廠商的龜速，一再召開工程聯繫會議，要求建築師事務所和廠商依照施工期程，但建築師始終不出現，只派旗下員工與會，我在會議當場立刻指示，建築師設計監造費不能如期給付，要給建築師一些警示。寒假開始，我以為廠商會開始認真施作，但也是三天打魚兩天曬網的施工態度，但是合約規定的施工期限還有近一個月，廠商是站得住腳的。終於，在施工期限前二星期，廠商每天趕進度，工地主任常被我叨唸趕工會影響品質，進場的PU漆及塑膠粒，我要求全部清點，依照圖說標示數量及規格，絕不給廠商有絲毫偷工減料的機會。

運動場暨跑道更新工程順利在期限前完工，接著驗收改善，終於在校慶前開放使用，但我忍不住要求總務主任別急著付款，讓建築師事務所和得標廠商體會一下被延遲的感受。

上學期第二次定期評量前二週，教務主任問我要不要看看老師命題試卷，我同意，也很認真看了所有的試卷，除了英文，我較沒把握外，其他科目的試卷，我大都能依命題原則挑出一些錯誤。有些老師很生氣，出了一輩子的試題，從沒有一個校長敢糾正錯誤，沒想到被一個「代理校長」

指出錯誤並要求修正。有些老師堅持不改，有些老師覺得我的指正有道理，改了過來。六年級國語試卷，我是堅持要改的，一份試卷只有寫出國字和注音需要書寫，其他題型都模仿能力檢測電腦閱卷題型，全部都是選擇題，我退給命題老師要求重新命題，那老師氣炸了，到處說我憑什麼退考卷？我約他到辦公室談，說明我的想法：六年級的學生難道不需要給他們測驗一下短文寫作，造句及相關句型。那老師竟回答我，選擇題比較好改，我實在是無言，丟下二句話：別毀滅師培學校的專業形象，我若不同意這試卷，沒有人敢付印。那老師才心不甘情不願的重新命題過。後來，在教師朝會上，我把以前擔任教務主任擬寫的命題原則，向全校教師說明，明確告知命題技巧是教師專業的一小部分。

二〇一二年開始實施軍教課稅，級科任有一些排課數必須重新調整，教務主任在朝會以PPT做說明，我認為已經很清楚了，在會中，我一直請教老師有沒有不同的看法，終究沉默以對。會後，一個二年級的女老師告訴我，老師們有意見，我回問剛開會怎不說呢？她只淡淡的說我們學校都是這樣啊！大約有二十來個老師在約定的時間到校長室談，當然，他們的想法和教務主任的看法有些許出入，站在老師的立場，也許他們是對的。這樣的場景被教務處的工友小姐看到了，相信會立刻轉告主任才是。我問過鄰近學校前輩校長較接近老師的看法，因此，我再度要求主任在下週的教師朝會再說明一次，他竟回我不想說了，我真的納悶至極，主任不是校長幕僚嗎？我以前當主任時，扮演幕僚的腳色，可以很稱職，校長交辦事項，一定想辦法完成，從來不敢推諉，主任怎會這樣回我。後來，我還是堅持要他再說明一次，他應該也看到我的臉色不好看了，勉強答應。這件事，果然依照老師的意思做了。只是主任在背後說學校老師從沒這樣有意見過，都是因為我，讓老師意見越來越多。

學校臨實踐路後門，沒有紅綠燈，親師生過馬路要與汽機車搶快，偶爾我在上放學時間經過，汽機車呼嘯而過，看導護老師和導護志工，不知何時才能吹哨擋下來往車輛，總要等待許久，才有吹哨的機會。有時，聽到哨聲也會同時聽到刺耳的煞車聲，對導護老師和導護志工而言，這路口真是危險。我好奇的問處室主任，他們口徑一致的說，以前努力過要裝設紅綠燈，後來都不了了之，也勸我別白忙一場了。我再問清楚原因為何？

原來是既成道路屬私有地，地主遲遲未等到政府徵收，也不同意學校在他的土地上裝設紅綠燈。

我請學務主任把地主的姓名、電話及地址給我，打個電話約定拜訪時間，地主倒也爽快答應我去拜訪。沒多久，我帶學務主任和生教組長登門拜訪，原來地主的小孩是後埔校友，現在還是家長委員，孫子也讀後埔，這樣的關係就很親密了。我開門見山提裝設紅綠燈一事，地主也表明私有地尚未徵收，他不同意這件事，何況目前也停一部自用車，裝設紅綠燈後，恐怕畫紅線禁止停車。我用學生過馬路的危險性試著說服地主，順便提到他孫子也必須過馬路到學校上課，但他搖搖頭婉拒了。一星期後，我再度獨自登門拜訪，把上次的說詞再說一遍，地主也敞開話匣子，說著他的祖先到這裡開發的故事。最後，我提到紅綠燈的事，他沉默了一會兒，提出條件；要市政府給他一張公文證明私有地上不能劃紅線，讓他可以停車。我說學校可以給公文啊！他冷靜的回我，校長來來去去，怕下一個校長不認帳，還是市政府的公文較有保障。

地主的要求很合理，似乎也在考驗我，看看會不會因為這樣的條件而打消裝設紅綠燈的念頭。回校後，我立刻請學務主任行文到新北市政府交通局，副本給地主，除滿足地主的條件外，也順便做會勘，確認紅綠燈裝設位置。行文後沒多久，交通局就來電表示，要先拿到地主的同意書，才能發文給地主及會勘。我第三度登門拜訪，請地主簽具同意書，也再次感謝。

與地主溝通的過程中，地主也客氣的提到，以前的校長只來過一次就放棄了，看到我一而再再而三的拜訪，被我的熱情所感動，才願意答應讓學校裝設紅綠燈。其實，第一次的拜訪後，我也跟生教組長說，如果地主要我跪下來求他答應裝設紅綠燈，我也願意下跪求情，為了讓親師生在過馬路時可以安心自在，即便我只是過客，我願意全力以赴。紅綠燈裝設，在我離開前幾個月順利完成，現在，偶爾到板橋開會，經過後埔，我都會特別注意這一盞紅綠燈。

學校正門的人行道，其實只是一塊塊的水溝蓋拼湊而成，走在上面顛頗吃力，側門的紅磚人行道已鋪設十多年。我請總務主任再發文，請區公所會勘，看有沒有機會可以重新鋪設？水溝蓋人行道有部分是自來水公司的土地，我也拜託當地的立委服務處協調，並行文自來水公司，讓學校可以重新鋪設。經過幾次的會勘，終於敲定人行道鋪設工程將在七月施工，我離開後，偶爾回後埔，試著去走用水泥一體成型鋪設的水溝蓋，走起來更平坦，人行道地磚也是。

下學期一開學，除了籌備運動會外，還有畢業典禮。我找來相關人員召開籌備會，聽聽他們的想法，有畢業班導師表示可以辦得活潑些，不要連學生領獎，都得向右或向左轉幾步，學軍人走步的樣子。我也認同畢業典禮要活潑些，讓畢業典禮的主角回歸學生，回想我擔任學務主任時的創意，辦理畢業系列活動；學生創作舞比賽，畢業演唱會，水球大賽，美勞作品集體創作，畢業主題及海報徵選，畢業典禮主持人由學生擔任，頒獎過程採用金馬獎模式等。我拋出我以前做過的想法後，原先承辦畢業典禮的教務處有意見，因為實在是太麻煩了，就只是畢業典禮而已，行禮如儀就可，何必搞這麼多活動呢？但我堅持活動部分交由學務處辦理，教務處只要提供獲獎名單就好。經過討論後，刪去水球大賽及美勞作品集體創作兩個活動。

六年級學年主任對學生創作舞比賽有意見，他告訴我沒有很多學生會參加，其實是因為老師沒有能力教學生跳舞。我告訴他，學生會自己選曲、練習、挑服裝，根本不需要老師協助。我還開玩笑跟他對賭，每班至少會有一隊參加比賽，我堅持辦理，請學務處先擬定比賽辦法和報名表，果然超乎我預期，還有好幾個隊伍是跨班級組成的，也不需要級任老師指導，學生自己就可以搞定。

關於畢業典禮主持人，有一個老師願意訓練，還擬訂出訓練計畫，先接受有興趣的學生報名，經過評選後，分成三組主持人群，每一組各三個，要分別負責畢業系列活動主持工作。學生創作舞比賽報名後，午休時間總會有不同的隊伍利用學校空間練習，偶爾會干擾午休靜息，有些老師會稍作反應，不習慣有點吵鬧的午休，我請學務處要求練習的隊伍，音量放小，找地下室或空曠處練習。但也有老師說從沒辦過這種活動，學生很開心，也減緩每年畢業季節畢業生心情浮動導致的生活常規紊亂問題。

畢業典禮訂在星期五下午，因為可以讓更多的老師參加，但如果訂在晚上，可能會擠爆會場，因此這時間應該算是較理想的。畢業典禮的主題是「踏上錦繡的明天」，畢業海報背板圖案經過徵選，挑出若干件佳作，掃成背板海報，矗立在會場舞台上。舞台正中央，擺放大型階梯，讓學生從中央走道上台，更顯尊榮感。畢業典禮前一天，辦理學生創作舞比賽，跟我以前辦過的情景一樣，學生很喜歡跳舞很會跳舞，每個隊伍跳完後，接著請評審輪流講評，地方電視臺也來採訪，畢業生為自己班上的隊伍加油，也為認識的同學喝采。

畢業典禮當天上午，邀請樂團演唱，希望可以營造演唱會的氣氛，我要求樂團唱的歌必須是學生熟悉的，時下的流行歌曲，學生喜歡的歌手或團體演唱的歌。這個樂團也很配合，特別要我到合作社買大尺寸的學生運動服，等他們唱最後一首歌時可以穿上，演唱會過程，果然每個學生都會跟著哼唱，偶爾邀請學生上台一起唱。我喜歡孩子的尖叫聲和歡笑聲，整場迴盪不已。

畢業典禮開始，學生才經過上午的演唱會，情緒相當高亢，大概只有在典禮開始唱國歌時安靜下來。為了讓特殊教育需求的孩子，也有上台領獎的機會，但也顧及孩子的自尊。我要求學務處增加勤學獎的獎項，我覺得特殊的孩子也許永遠沒有機會可以上臺領獎，就在小學階段，讓他們有機會，讓畢業典禮更溫馨。

頒獎過程，由於模擬金馬獎事先保密模式，當主持人宣布獎項得獎人時，現場一片驚呼，觀禮的民意代表很好奇，怎麼會有驚呼聲？我跟他們說明頒獎模式，他們說沒看過小學畢業典禮這麼有趣，也順便肯定我一下。採訪的地方電視臺，也被熱鬧的氣氛吸引，還特別去訪問主持人，掌控全場氣氛的訣竅。

畢業典禮前，我猜因為有些堅持制式典禮的老師，像以前的家長會長抱怨，不認同我的想法。那家長會長也熱心的跑去向議員說三道四，那議員更覺得抓到教育局的小辮子，向局長說我的不是。局長找我去談，意思大概是要我當好「代理校長」，不需要去改變學校多年來的文化，只要平順就好。原來教育局長的理念是這樣啊！我也簡單說明以學生為出發點的活動或學習，是有價值的，當然，他是長官嘛！我也不再多說什麼。幾年後，局長高升教育部長官，我仍然在小學當校長。這段「代理校長」的日子，是我擔任校長初體驗，也是我終生難忘的記憶。

教育點滴

擔任校長後，有機會和家長分享教養心得，也分享對學校經營的看法，傳達教育理念。當然，也順便給孩子一些叮嚀，以下幾篇就是我的教育點滴。

看見天光

我們學校周遭的重劃工程，如果順利的話，年底大概可以看出一個雛形，但要等住宅區完全蓋好大樓，可能就要一段時間了。學校新校舍工程，等重劃土地交給我們管理後，便可著手規劃。

我心裡的想法延續過去的規劃，新的操場依舊緊鄰四十二巷新的道路，也許會配合交通局設置市民停車場。明年，教育局會配置一個棒球專任教練給我們，繼續維持優良的棒球名校傳統。我想要規劃一個全新的棒球場內野區，外野區就以高架的鐵網取代，這樣，喜愛棒球的孩子，就可以在校內活動了。

原有的籃球場，預計蓋一幢五層樓的行政兼專科教室大樓，設置地下停車場，五、六樓規劃成室內體育館，如果遇到下雨天，孩子就可以在體育館裡活動。現有的停車場，新建五層樓教學大樓，新設校門位置大約位於現在一百公尺跑道的終點，等全部新校舍完工啟用後。舊有的二層樓建築物拆除，規劃成社區公園，也會成為孩子學習或活動的區塊，可以想像，未來，我們的孩子學習和活動空間將更完整，也更安全。

這一代要為下一代提供更安全舒適的學習環境，我們總是期待下一代會比我們更具競爭力，生活得更幸福，讓我們一起努力吧！

一棒傳一棒

校務經營跟大隊接力一樣，必須一棒傳一棒，每一棒都盡全力向前衝刺，才能給孩子最好的教育品質。

這兩年來，配合市政府市地重劃工程，目前已完成新校地點交，預計年底完成校舍興建評估規劃。相信在未來二年內，如果一切都很順利的話，就可以開始興建新校舍，等新建校舍完工後，興穀國小必會有一番新氣象。

非常感謝學區內市議員，每年贊助配合款，感謝教育局補助經費，各企業主慷慨解囊，家長會全力支援，充實或改善本校教學設備。也陸續完成全國小學最大室內人工草皮打擊場，圖書閱覽室及書法教室加裝冷氣，新作聯外排水溝，新建臨時停車場及幼兒園相關設備等。

在學生活動方面，本校成立籃球隊、桌球社、大鼓社、美術社、佾舞社、學生廣播電臺。持續辦理創作舞大賽及校內藝文競賽等，辦理畢業系列活動：演唱會、水槍大戰、校內尋寶等。也承辦新北市社團安全棒球比賽，續辦二〇一四第二屆新北市興穀盃全國少棒錦標賽，這是全國唯二以學校為名的少棒錦標賽。

今年，本校少棒隊和新埔及汐止國小組成新北少棒隊，勇奪二〇一四全國暨亞太區冠軍、世界季軍，再次將棒球運動推向高峰。籃球隊也曾獲新北市籃球聯賽男童乙組第七名，女童甲組第五名暨五華盃冠軍。田徑隊勇奪新北市小學男童丙組團體冠軍。書法社勇奪全國、新北市、三重及蘆洲區大小比賽獎項無數。學生廣播電台參加新北市兒童播音比賽榮獲特優佳績，閱讀寫作比賽佳作、英語讀者劇場及歌曲比賽甲等，三重分區國語文競賽學生客家語朗讀第四名。孩子在各項競賽的表現，值得讚許！

讓我們一起努力，一棒傳一棒，擦亮興穀的品牌。

希望一代傳一代

三重是我的第二故鄉，我在這兒生活了二十年，遠比我原來成長的故鄉都要來的久。我喜歡三重，是因為這兒的人文，像極了故鄉的一切。大多數和我一樣的異鄉遊子，在這兒打拼，每個人心中都懷抱追求成功的希望。

初到興穀，更能感受到濃濃的人情味，如同故鄉熟悉的呼喚，相信二重埔會是我另一個故鄉。學校周遭因重劃，大部分的住家拆遷了，未來這裡將成為新北市的「信義區」，我們的孩子有些因為家長搬遷而轉學，他們的心中依然掛念著興穀的一草一木，即使他們到別的學校，也能夠學習與生活得很好。因為興穀的孩子，永遠是興穀的孩子！

每個孩子都是每個大人的心肝寶貝，老師是每個孩子生命中的貴人。我期待搭設一個舞臺，讓孩子盡情的在舞臺上揮灑，也期盼每個孩子都能夠擁有自我實現的機會。讓興穀的孩子具備基本的競爭力，將來可以在社會上與他人競爭又合作，創造社會最大的利益。祝福興穀的孩子，都能找到適合自己的舞臺。

我始終相信：希望一代傳一代，臺灣才有好將來。

吃得好長得好

現代人的物質生活比起以前更豐裕，食物選擇更多元，精緻類的食品更能深深抓住每個人的味蕾。

孩子的飲食習慣是大人培養的，以我的孩子為例，我們夫妻都是上班族，孩子上幼兒園以前，都交給岳父母帶，可以吃到外婆親自料理的食物。上了幼兒園至今，上課時間除了在學校吃中餐外，早餐和晚餐大都外食，例假日，才能吃到媽媽煮的飯菜。

孩子在學校的飲食習慣和家裡不太一樣，在學校，老師都能指導我的孩子要吃每一種食物，回到家，孩子偶爾要求吃速食或者排斥特定的食物。

我的孩子一開始很排斥紅蘿蔔和香菇，但是很喜歡吃煎蛋，孩子的媽就把紅蘿蔔和香菇剁碎，加在蛋汁中攪拌後，煎了一盤圓形的蛋，再用番茄醬在煎蛋上畫出眉毛、眼睛、鼻子和嘴巴的人臉造型，吸引孩子的目光，孩子又喜歡番茄醬的味道，就這樣，成功的讓孩子不再排斥紅蘿蔔和香菇。當然，像苦瓜或辣椒這種比較奇怪的味道，孩子到現在還是無法接受。

為人父母，總希望孩子每天吃進均衡營養的食物，利用各種方法，盡量不要讓孩子有偏食的習慣，期待孩子頭好壯壯。

陪孩子一起遊戲與成長

孩子是我們的寶貝！

孩子成長的過程是無法重來的，我們總會有太多忙碌的藉口，無法全程參與孩子的成長。每天，我們可以利用晚餐後的時間，陪孩子做三件事；閱讀、分享和玩遊戲。只要花三十分鐘就好了，讓孩子感受我們的關心，也讓我們了解孩子的世界。

遊戲是孩子最喜歡的活動，每個孩子天生都喜歡玩。在遊戲裡，學習當一個領導者，做各種腳色分配。學習當一個被領導者，做好自己份內的事。學習體諒和容忍他人的氣度，學習解決問題的能力，孩子在遊戲中，學習各種事物，學習人生的成長。

不管孩子喜歡玩什麼遊戲？我們都要保有赤子之心，和孩子一起享受遊戲帶來的快樂，學習遊戲的規範。持之以恆的和孩子一起遊戲，一起成長，我們會發現親子關係變得更親密，享受孩子甜美的笑容，更重要的，孩子會擁有遊戲帶來的成就感，提升自信，增進人際關係的和諧。

如何協助孩子解決問題

孩子就是孩子，很容易就會犯錯了；也很容易就違背了大人的期待。

孩子真的是天使，給我們機會照顧，也給我們機會重新學習。當孩子遇到困難時，我們都太急著為他排除，所以，會讓親子關係變得緊張而矛盾，當然，我也常會做這樣的事。但我這些年做了調整，放手給孩子去面對一切，可以讓孩子學習與成長。

當孩子遇到難以解決的問題時，我會和孩子一起討論，我的做法通常會依照下列的程序：

一、包容的態度：父母親及所有的長輩們別急著指責孩子的不是，可能先想想我們幼時是否也遇到同樣的問題？那時候，我們心裡想的是什麼？不是就希望大人拉我們一把！如果我們當時是這樣想，我們的孩子當然也是這樣想。

二、先釐清問題：要跟孩子先討論所遇到的問題是什麼？有什麼困難的地方待解決？也就是說要看清問題的本質。

三、當孩子的夥伴：千萬別急著幫孩子處理問題，試著去引導孩子一步一步解決，過程中，孩子會遇到困難而停下來，我們只要再稍微協助一下，相信孩子會更有信心。

四、適時的鼓勵：在解決問題的過程中，孩子有可能又犯了另一個錯誤，也許會讓問題變得更難處理。此時，一定要記得，別急著責備，試著以欣賞的角度看孩子，給孩子些許肯定，這樣，會讓孩子增強無比的信心。

轉個彎，也許更容易到達終點。凡事也許沒有像我們想像的那個嚴重，也要鼓勵孩子，千萬不要輕易放棄任何一絲可以成功的希望。期待看到我們的孩子，可以勇敢的面對外界的挑戰，學習面對問題，解決問題。

給孩子舞臺

望子成龍；望女成鳳，是父母心中最大的期盼。孩子是我們的天使，我們都希望孩子成長的過程中，可以豐富的學習。孩子像一張白紙般，大人給他什麼顏料，他就會學習畫出美麗的色彩。

每個孩子都是獨立的個體，每個孩子都不一樣：有的喜歡國語，有的喜歡數學，有的喜歡籃球，有的喜歡書法……在教育的過程中，要讓孩子有觸探自己專長的機會，要給孩子展演的舞臺。

我有兩個孩子，老大喜歡音樂，國小加入管樂團，學習吹小號，在樂團中，找到自己的舞臺。也喜歡國語文，特別是作文和朗讀，他總能有名列前茅的好表現。對於學校課業，也能隨心所欲，朝自己設定的升學目標前進。升上高中後，學習生活與國中階段截然不同，短暫的迷失過，學業表現不如他人，我一路陪伴，偶有督促，偶有叨念，但一直成為他堅強的後盾。高二後，升學壓力倍增，他選擇到補習班埋首苦讀，每天早出晚歸，我內心難捨。現在，他就讀國立臺灣大學森林與環境資源學系，完成他的夢想。

老二從小喜歡體育活動，學過跆拳道、扯鈴、籃球……在體育競賽中獲得肯定的掌聲。我過去服務的學校有籃球隊，我協助管理工作，從他還在吸奶嘴的時候，我就帶著他到籃球場看球隊練球，他總安靜的坐在椅子上，看著籃球在場上來回傳導。也許是這樣的因素，他也喜歡上籃球。國小五年級，轉學到有籃球隊的學校就讀，也選擇參加離家近的光榮國中籃球隊，後來一度放棄籃球夢。在臉書的交流中，和竹東的員東國中籃球隊教練深聊，今年暑假，他決定隻身前往，也轉學到員東國中，住學校宿舍，洗衣服、看醫生等一切都得靠自己，前些日子，學校籃球隊勇闖全國甲組國中籃球聯賽十六強，他的夢想要在HBL的球場上揮灑，也想上電視，讓更多人看見他的身手。

我們都擁有共同的心願，要讓孩子找到一個成功的舞臺。

跌倒了，再爬起來！

人的一生中要跌倒幾次呢？我們都曾經跌倒過，也都勇敢的爬了起來。跌倒並不可怕，可怕的是跌倒後，賴在地上不敢或不願爬起來。跌倒要靠一點運氣，爬起來就要靠勇氣了。

每個孩子都是我們的寶貝，我們總想付出全部的心力照顧，深怕孩子受了傷，受了委屈。也許我們過度保護了孩子，讓孩子失去了面對挫折的機會，從孩子每天的生活開始，怕孩子來不及上學，必須早點叫孩子起床，怕孩子感冒，必須隨時提醒孩子添加衣物。相信每個為人父母的心境都是一樣的，愛孩子沒有錯，但父母親也該適時的放手，放手給孩子一片屬於自己的天空。

培養孩子的挫折容忍力，就從生活中做起吧。讓孩子學習各種生活必須具備的基本能力，讓孩子動手做吧，當孩子遇到困難時，大人再出手協助，只是協助完成，而不是替他們完成。當孩子學會生活後，便覺得有成就感了。在學校的學習情形，更能夠努力的去完成師長交代的作業，也要提醒為人父母的大人們，不要急著為孩子完成他們該做的事，就因為他只是個孩子，緩慢難免，做不好也難免，犯錯更是難免。

全球化世代的孩子，將來要面臨全球化的競爭，要承擔更多瞬息萬變的競爭壓力，期盼所有的大人們，讓孩子從小就擁有無數次面對挫折的困境，從困境中學習成長。也要讓孩子學習解決困難的能力，進一步培養孩子生存的能力。

慢慢放手

孩子是我們的天使，愛護孩子是家長的義務與天性，我們都希望孩子成長的過程中，可以豐富的學習。孩子像一張白紙般，大人給他什麼顏料，他就會學習畫出美麗的色彩。

望子成龍；望女成鳳，是父母心中最大的期盼。我們總擔心孩子無法獨立的生活，我們用盡一生的努力要給孩子最好的物質需求。許多事，在孩子尚未動手操作時，我們總急著為孩子做完，急著給孩子答案與承諾。學會放手確實很難，因為孩子是我們的心頭肉，不願見到孩子受委屈，也希望孩子可以找到成功的舞台。

如何培養獨立自主的孩子？我認為可以從下列幾個方向來努力：

一、從生活中學習：幼兒園階段的孩子，從刷牙洗臉、穿衣穿鞋、吃飯……等生活細節，無法像國小的孩子般順利，時常需要借助大人的力量。有時，為了趕上班趕上學，我們都為孩子做好了，孩子一旦失去經常練習的機會，就可能晚一點學會生活的技能了。

二、在團體中學習：在學校裡，孩子必須學習與他人互動、合作、包容等團體生活所必須面對的問題。老師會適時引導孩子，家長要協助孩子適應團體生活，在團體互動中，慢慢學會獨立自主。

三、在自然中學習：孩子在家庭與學校的學習是不夠的，有機會的話，應該擁抱大自然。空曠的校園和住家附近的公園，就是一個微型的大自然。如果孩子有機會到森林、海邊、山裡走走，接觸原始的大自然環境，學著和動植物互動，看看昆蟲和動物獨立自主的樣子，相信也可以讓孩子有些感觸。

我們都擁有共同的心願，要讓孩子無憂無慮的生活；也要讓孩子快樂的學習，更要讓孩子能夠獨立自主的生活。

親子共讀最幸福

孩子的第一個老師是父母，家庭是孩子最初的學校。

每天，我們都為了家庭而打拼，早出晚歸的生活，也許疏忽了與孩子共同分享在學校的生活。但我要與所有的家長共勉，每天可以陪孩子閱讀、玩遊戲或運動、分享心情三件事，不但可以增進親子關係，也可以更了解孩子在學校的生活。

興穀附幼的老師非常認真，每天規劃了相當完善的學習課程，讓孩子可以在學校裡豐富且快樂的學習。老師會為孩子讀繪本，說故事，指導孩子具備生活的能力等。孩子在學校可以擁有充分的閱讀機會，回到家，希望家長也可以持續與孩子共讀。偶爾，也可以聽聽孩子說一說老師讀過的繪本或說過的故事，這也是另一種親子共讀的形式，家長只要安靜的傾聽孩子說完整的一篇故事，就是鼓勵孩子學習的成果了。

閱讀是一種習慣，從小養成了閱讀習慣，就可以成為孩子一生的資產。我們努力的為孩子規畫閱讀課程，培養孩子閱讀的興趣與能力，將來，孩子可以透過閱讀獲得新知，培養學科的核心能力，具備專業的知識。

讓學習更精彩

學校不僅是學習知識的場所，在這裡，要學習做人做事的道理，要探觸自己的興趣及專長。

每個人都擁有異於他人的優勢智慧，學校教育可以引導並啟發孩子的優勢智慧，因此，學習不能侷限在知識層面。除了課堂上的學習外，學校更開辦多元性的社團，啟發孩子的興趣，讓孩子學習不同的技能。

本校優良傳統的棒球隊和書法社，還有其他動靜分明的社團。棒球隊的孩子學球棒球技能，也學習球場上的禮貌和對棒球的尊重。書法社的孩子，可以靜下心來，認識文房四寶，學習磨墨、運筆等技能，最後更能學習欣賞書法藝術的素養。參加田徑社的孩子，練習的過程相當辛苦，有時僅有孤獨的身影，常常與風競速，參加各項比賽時，可以和各校優秀的田徑選手較量一番。參加跆拳道社的孩子，要鍛鍊強健的體魄，學習跆拳技能，更要學習崇高的武德。還有桌球社，不僅是一種運動，更能培養欣賞桌球運動的專業。直笛社的孩子，可以在直笛的樂聲中，培養個人的氣質及興趣。播音社的孩子，透過麥克風和全校師生分享校園趣事。

除了社團外，學校還有其他重要活動。運動會讓每個孩子都有參與的機會，學生創作舞大賽讓喜歡跳舞的孩子有展現的舞臺。學生自治會的運作，各項典禮或活動主持人，也交由孩子擔任，讓孩子學習當學校的主人。

真心期望學校可以為孩子搭設成功的舞臺，讓每個孩子都能找到自己的亮點。

做自己最快樂

你發現了嗎？每個人都長得不一樣，每個人的專長也都不一樣喔。在你的班上，有人很會說笑話；有人很會打籃球；有人很會跑步；甚至有人很會掃地。你會發現每個人都有專長，但是每個人的專長大都不一樣。

你有沒有想過你的專長是什麼？或者是你曾努力做了什麼事？幫助過什麼人？在每一天的生活中，我們會得到許多人的幫助，每個人貢獻出自己的專長，讓所有人可以享受生活的便利。譬如我們穿的衣服，吃的食物，搭的交通工具以及用的物品。

如果你曾經羨慕過別人擁有各式各樣的玩具，或羨慕別人可以到處旅行，或羨慕別人長得又高又帥；又可愛又漂亮。你要知道，哪些都是別人，不是你自己！校園裡，有各式各樣的社團或校隊，就是要讓有興趣學習的小朋友，學習屬於自己的專長。

後埔的孩子多才多藝，在每週三的課間活動才藝表演時間，可以欣賞小朋友多元的才藝表演。我也曾在資源回收場，看到負責資源回收分類的小朋友，可以迅速的將資源垃圾分類、打包，這些小朋友不但擁有分類及歸納的能力，更具備勇於承擔大部分人不願意做的工作，而且做得很好。

我非常希望每個人可以做自己，不必羨慕別人。因為每個人都是獨立的個體，都有不同的條件限制。但是每個人都可以透過努力的學習，培養自己的興趣與專長！要相信自己，自己是獨一無二的，享受做自己的快樂。

為孩子多開一扇窗

為人父母，誰不期盼自己的子女成龍成鳳？在追求成龍成鳳的過程中，有多少過程是為了完成我們兒時未能完成的夢想。我有兩個大男孩，一個完成我的音樂夢；另一個完成我的籃球夢。不論是誰的夢想，重要的是尊重孩子的意願，不要加諸特別的目的，例如升學可以加分這樣的目的，會把孩子的興趣市儈化，將來，孩子可能不會有真正的興趣了。

教育改革的核心價值不斷強調「把孩子帶上來！」，試問：為人父母是否先站穩腳步了？傳統士大夫的觀念一直存在每個人的心中，因此，我們一直要孩子追求屬於我們的分數，想想，也許是莫名的虛榮心作祟。我們要給孩子的也許不是分數，而是關鍵能力。我所指的關鍵能力是：當孩子徘徊在十字路口時，我們能給予他選擇的信念；當孩子遇到挫折時，我們能給予他面對的勇氣；當孩子志得意滿時，我們能給予他謙卑的精神；

當孩子在猶豫不決時，還願意相信我們。

每個孩子都是獨立的生命個體，也都會有屬於各自不同的優勢智慧。我們要協助孩子探觸自己的優勢智慧是什麼？也許是語文，也許是運動，也許是音樂……在小學階段，孩子的發展是無限可能的，只要我們願意給他機會，尊重他的意願，相信他會過得很快樂。

為孩子多開一扇窗吧！多開一扇真正屬於孩子自己的窗，讓陽光灑滿學習的殿堂，讓這裡有歡笑，有成長，有希望。

天才運動人

我始終相信，會打球或運動能力很強的人，都是世界上的天才。

半年多來，曾經到五樓看你們練球的樣子，看你們專注每一個球在空中的軌跡，拼命的救每一顆即將落地的球，澈底練習教練的戰術，複雜的走位，純熟的技術，都是我看不懂，也學不會的，曾經和許多老師組成一隊，向你們挑戰，卻始終也打不贏你們。當然，你們參加各地的排球比賽，總有好成績，為校爭光。更重要的是，你們不僅球技好，生活教育也令其他球隊及當地民眾所讚許，這應該是最值得驕傲的事情。田徑隊的美女們表現一點也不輸男生排球隊，練習時認真的表情，參加比賽時專注的神情，都足以證明「做一件事，像一件事。」的精神。田徑隊的美女在比賽現場，不僅要比自己練習的時候更高、更快、更遠，而且要比別校的選手更高、更快、更遠，才有機會突破自己所保持的成績。

運動可以讓人活得更快樂，我喜歡和你們打球，就算打不贏，也覺得很高興。相信你們都將運動當成日常生活的一部分了，相信你們都擁有健康的身心，準備迎接未來的人生。看你們協助學校辦理下課七十分鐘、運動會、新生入學及暑期夏令營報名活動，你們的邏輯清晰、態度親切、反應靈敏等特質，完全符合天才的基本條件，再次證明，你們不僅是運動的天才，將來也會是各行各業的天才。

畢業前夕，看著你們成長的歲月雖然短暫，卻好像有著從小看你們長大的感動，我的內心很踏實。非常榮幸，有機會和你們共同成長。你們是後埔的孩子，永遠是後埔的孩子，後埔永遠以你為榮！

別再以站導護來評斷老師的「教育愛」

校內導護歸教育人員，校外導護歸社會。

我們不都說兒童是國家未來的主人翁，大人的存在目的之一，不是為了保護孩子平安成長嗎？政府不是由大人組成的嗎？維持社會安定或製造混亂不也是大人造就的嗎？

老師不必站校外導護是有道理的，但不要一直歸咎法律責任，老師被撞怎麼辦？老師站校外導護而導致班上孩子受傷怎麼辦？老師沒有交通指揮權等等理由，說穿了，很簡單，就是老師沒有義務站校外導護。但是，從近日諸多文章，大多探討法律責任問題，少些人性光輝與教育愛。不管是老師或孩子或社會人士，若遺憾的發生意外，一定會有相關法律保障。可惜的是，法律總在生命出現遺憾時，才會出現一點點的曙光。

為了保護孩子上放學安全，各校有許多交通導護志工盡心盡力。但，試問，上放學途中及整個社會環境友善嗎？家長為何不放心孩子獨自走路或搭公車上學？是因為社會治安無法令家長放心，上放學途中充滿太多的驚奇與冒險，大人們都很清楚，人行道上有哪些障礙物，少數的汽機車駕駛人見孩子年幼可欺，橫衝直撞，不願禮讓國家未來的主人翁，這就是國民素質的問題，而國民素質又是教育的問題，惡性循環，生生不息。

為了保護自己的孩子安全上放學，有空的家長總會如期接送，自私的家長只顧著自己的孩子安全，特別在下雨天，汽機車塞爆校門口，如果學校開放，汽機車一定塞滿整個校園。沒空的家長怎麼辦呢？當然，有一部分交給安親班接送，可是，怎都沒人討論安親班車輛塞滿孩子的安全問題，有一部分讓孩子獨自或結伴而行。

保護孩子上放學安全，社會必須有共識，共識不難：莫道他人子弟，皆當自己兒女。汽機車駕駛人如果有這樣的共識，可以把自己當成導護志工，怎會有搶快搶黃燈搶紅燈的事情，在路口遇見孩子過馬路，一定會耐心等候。可惜，臺灣社會雖然友善，但總會發生一些憾事。在國民素質尚未全面提升到保護孩子的共識下，便要依靠執行公權力的警察，但警察要做的事太多，也會執行護童專案，可惜無法普遍落實在大多數孩子上放學的街道上，最多是選擇交通繁忙的重要路口或校門口，象徵意義大於實質意義。

老師是孩子在學校的父母，既是父母怎會有不疼愛保護孩子的呢？社會人士就別再以是否站校外導護來評斷老師的「教育愛」，那是很廉價的評斷。別把老師當服務業，老師做的是千秋大業！校外導護問題，要歸咎社會風氣，國民素質，政府積極作為，與老師何關？

老師，斯卡也達！

《獨立評論@天下》熱門議題文章

有趣的畢業活動

臺灣國小的畢業活動多姿多采，充滿各式各樣創意與挑戰：有的得登上玉山，有的要下海浮潛，有的製造並義賣手工皂，有的則寫信給未來的自己。這些活動都需要長期的規劃與練習，才能為自己蓋上成長的印記。

臺灣高山林立，因此北部的一所學校，每年都會舉辦「登玉山」的畢業活動，畢業生登上山頂，校長會親自頒發畢業證書並合影留念。為了鍛練登山的體力，他們從五年級開始，每個星期在學校進行登階、跑步及游泳訓練，提升自己的心肺功能。正式登玉山前半年，還必須進行基礎的登山訓練，適應陡峭的山路，學習攀爬的技巧。除了增強體力，也邀請學長姐傳承登頂的經驗，並安排登山專家舉辦講座，組成隨行照護的醫療團隊，做好萬全的準備。

臺灣四面環海，而你有曾過海上的畢業典禮嗎？有一所海邊的國小，不但舉辦「浮潛一公里」的活動，還必須潛入海底領取畢業證書。在畢業前夕，學校會聘請專業教練指導浮潛技巧，學生在練習浮潛時，可以看到鮮豔的珊瑚礁，來回穿梭的熱帶魚，還有其他不知名的生物，也發現美不勝收的海底世界。在學習浮潛的過程中，不但可以親近海洋，也能學習保護海洋資源的重要性。

另外，有一所在平原的學校，他們的畢業活動是到火車站前「義賣手工皂」，並將所得捐給公益團體。他們利用綜合活動課程，製造手工皂，全班也分組製作義賣海報，並討論販售的禮節和技巧。周末的下午，火車站熙來攘往好不熱鬧，學生向過往的旅客仔細說明義賣的產品及目的，往往獲得很大的迴響，有的旅客甚至只捐錢，不拿手工皂，不到一個小時，手工皂就全部一掃而空，順利完成了義賣活動。

還有一所山邊的學校舉辦「寫信給未來的自己」活動，每一個人都寫下十年後的願望。他們把信收藏在堅固的盒子裡，也特別為這盒子取了「時光寶盒」的名稱。在畢業典禮的前一天，他們在校園的特定區域挖開一個洞穴，然後將「時光寶盒」埋入，相約十年後，大家一起來打開時光寶盒。

畢業典禮當天下午，十年前的學長姐特地返校，用鏟子開挖十年前埋下的時光寶盒。當年的國小畢業生，有的已經大學畢業，有的已經結婚生子，當他們打開信封時，讀著當年的信件，彷彿又回到國小時光，臉上浮現燦爛的笑容。他們認真的讀著十年前寫給自己的信，有人立志當醫生，有人立志當軍人，也有人立志當服裝設計師，彼此分享當年許下的願望。雖然有些願望無法實現，但記得十年前的約定，每個人都開心的說：這是一場最有意義的同學會了。

童年歡樂的時光總是令人懷念，這些具有特色的畢業活動，也為學生的第一個學習階段，劃下永難忘懷的句點。

夢旋故鄉土

曾經，仰望漆黑的天空，在稠密的黑絲絨裡尋找乍亮的綴飾。濃厚的黑霧遮掩住不斷掙扎的星光，繁星點點盡藏匿滔滔雲海裡，那密麻如織的烏雲卻怎麼也篩不落竄瀉的星光。駐足在異鄉的河堤上，使勁揉去眼前的迷濛，揉不開忽隱忽現閃爍不定的光譜。我不斷嘗試尋找燦爛如珍珠的星星，只要找到那顆星；就能找到魂牽夢繫的故鄉了。

故鄉，在那遙遠的地方；在那夢中咫尺的國度裡。離鄉久了，便不自主的將自己當成異鄉人，原本熟悉的故鄉愈來愈覺得陌生；繫住故鄉的情感線卻愈來愈牢固。故鄉的景物或許變了，唯一不變的是鄉土的呼喚，對故鄉的眷戀是異鄉遊子永遠的專利。

離開故鄉已經十幾年了，緊傍著大安溪的小村莊是我生長的地方。產業道路把村莊剖成兩部分，我的家住在村頭，沿著產業道路走，盡頭便是大安溪了。記得小時候，我喜歡在溪邊的堤防上遠眺大安溪，溪的對岸是焦黃又帶點綠意的鐵砧山，山腳下有淙淙的溪水流過。從堤防到山之間，隆起的沙洲把河床切割成好幾條大小不一的河道。各種不同形狀的石頭靜臥在沙洲上，還來不及開花的菅芒迎風搖曳，讓習慣寂靜的沙洲變得更熱鬧了。

大安溪蘊藏我童年的回憶；凝聚我童年歡樂的時光。

每年夏天，大安溪便成了天然的游泳池。村裡的小孩寧願冒著被父母處罰的危險到溪中游泳，戲水早已成為我們這群小孩夏天的嘉年華會。那個年代，其實我們都相信溪裡面的水鬼會不定期「抓交替」，但溪水清涼的魅力仍然戰勝對水鬼的恐懼。那時候根本不知道溺水的後果究竟會怎麼樣？更搞不懂父母親在擔心什麼？

為了掩人耳目，我們開始學會各種不同的說謊技巧，每次游泳前，總得編出一個冠冕堂皇的藉口；我們最常編的藉口是到同學家寫功課，或者說到學校幫老師做壁報⋯⋯為了避開村人注意的眼光，我們會選擇一個定點集合再分批出發。我們不敢沿著村中的產業道路走，只能順著田埂穿過一大片稻田到達目的地。盡情享受過游泳的樂趣後才依依不捨的上岸，但我們並不急著回家，我們會坐在岸邊等身上殘留的水珠被陽光蒸發後，再輕輕的塗上一層沙。經過這麼複雜的手續才能完全將泡過水的痕跡和證據毀滅。

我家屋後連著一大片稻田，這一大片稻田養活我們全家人，也提供我們四兄弟讀書的經濟來源。從小，看著父母在這塊土地上耕耘，他們的汗水揮灑在這塊土地上；就好像撫養我們兄弟般地付出無數的心血。不過，農作物的收成是可以預期的；我們將來的成就卻是難以捉摸。每年暑假，總會遇上收成與耕耘兩個完整的農忙期，父母親頂著大太陽在稻田裡穿梭。在那個年代，農業機械化尚未普及，所有繁雜的農事必須依賴大量的人力。農忙時期，農村裡的男女老少，沒有人捨得休息，連聊天都讓人覺得奢侈。稻作收成那段時間，每天天未亮，爸爸和爺爺便得下田割稻。以往已經約定好繼續「交換工」的農人，只要在收割前協商確認每個人收割的日期，這一季的稻作便能順利收成。

爸爸和爺爺都是專職的莊稼漢，靠天吃飯；也靠這塊土地吃飯。輪到我家割稻收成的日子，爸爸前一天已經把打穀機拖到田裡，媽媽忙著張羅二二十人吃的點心和午餐。這時候，我早已打從心裡高興起來，又可以吃到豐盛的菜餚了，那可是我夢寐以求的一件事啊。清晨，天色還朦朧昏暗，窗外卻已傳來窸窸窣窣的聲音，打穀機明快的節奏聲搭配農人的嘻鬧聲及稻草被撥動的聲音，在寂靜無聲的清晨更顯得熱鬧繽紛。隔著窗戶向外望，只見農人一彎腰一縮手，茂密的稻穗瞬間成了農人的掌中物。一束束的稻穗放進打穀機中滾打成一顆顆金黃色的稻穀，爸爸戴著破舊不堪的斗笠，躲在打穀機的後面，臉上被稻草屑及穀塵塗滿了，汗水順著額頭流過鼻尖再向下奔流，原本蒙上一層灰的臉龐沖刷出好幾條河道。爸爸習慣性用手背擦拭額頭上的汗珠，笑容變得更燦爛了。

我被窗外的聲響喚醒後，便急著到廚房探視熱騰騰的蘿蔔糕不斷地冒著白煙，媽媽提醒我蘿蔔糕正滾燙，並且阻止我挖來吃，因為這是媽媽為割稻的農人所準備的點心。等蘿蔔糕涼了些，盛在碗裡，再淋上蒜茸醬油；如同一杯香醇的咖啡淋上鮮奶油，光是顏色就足以令人垂涎三尺。然後把蘿蔔糕送入口中，除了感受蘿蔔糕的滑嫩外，齒頰間更是瀰漫著蒜茸的香味。媽媽在廚房忙進忙出，把蘿蔔糕、蒜茸醬油、碗筷依序擺進點心擔裡，等一切準備就緒，媽媽挑起擔子往稻田出發；她走在前面，我跟在後面。到達目的地後，媽媽使勁吆喝著：吃點心囉！這時候，每個人總會停下手邊的工作，一起品嚐美味的蘿蔔糕。當他們忙著吃點心的同時，爸爸也忙著把打穀機盛滿的稻穀鏟出來，一鏟一鏟金碧輝煌的穀粒倒進竹簍裡。然後，爺爺挑起盛滿穀粒的竹簍走到稻埕中，從稻埕的邊緣依序倒出一隴一隴的穀堆。穀堆間的距離必須維持翻攪稻穀的空間，大約是一個步伐的距離，幾近等高的穀堆彷彿綿延成一直線的山丘。我的工作是在收割過的稻田裡撿拾遺漏的稻穗，拿回家給雞鴨吃。

稻穀是老天爺賜給我們家的黃金。剛收割的稻穀含有水分，陽光是把稻穀曬乾的利器。曬稻穀的重責大任便落在媽媽身上，這並不是一項輕鬆的工作。在農村裡，曬稻穀一向是婦女的工作。想要順利把稻穀曬乾，可得靠老天爺大力幫忙，最怕遇到迅雷不及掩耳的西北雨。當天空中的烏雲開始聚集時，媽媽便會拿出折疊成豆腐乾的帆布，爺爺拿著T字型的收穀器、穀耙子、竹掃把。爺爺、媽媽和大哥使用收穀器將稻埕四周一隴隴的稻穀收到稻埕中央，二哥、我和弟弟拿著穀耙子在收集他們背後遺漏在地面上的稻穀，等收集的工作告一段落後，我們會拿著竹掃把將無法耙起的穀粒掃向稻埕中央的穀堆，最後用帆布蓋住穀堆，帆布緊貼地面的部分得拿石頭壓住，才能確保帆布不被風吹走。蓋住帆布的穀堆像極了放大幾萬倍的雪糕冰淇淋。如果出太陽的日子可以持續兩三天，溼稻穀就能順利曬乾轉賣給農會及碾米廠。萬一時而晴天時而下雨就很難將溼稻穀曬乾了，一不小心，稻穀甚至會發芽呢！

我永遠記得家裡那頭水牛的樣子。收成的工作全部結束後，爸爸著手進行整地、育苗等準備事項。壯碩的水牛是整地的好幫手，整地前，爺爺會泡一桶米糠加清水攪拌成的飲料給水牛補補身子。爺爺肩上扛著犁，手裡握著控制水牛的麻繩，麻繩輕輕的往水牛身上一彈，水牛就低著頭乖乖地向前走。下了田，架好犁，麻繩再輕輕一彈，牠的腳步明顯沉重緩慢許多，身後的泥土一寸一寸地翻了過來。到了轉頭的田埂邊，牠會趁機停下腳步休息，低頭吃吃田埂上的雜草解解饞。等爺爺大聲叫罵後，牠會抬頭看看爺爺識相的轉過身繼續向前走，一臉無辜的表情更是惹人憐愛呀！就這樣來來回回無數趟，才能完成整地的任務。看過水牛無怨無悔賣命的工作，我才真正理解：爸爸不准我們兄弟吃牛肉的原因。

爸爸事先在整過地的稻田裡隔成幾個「長方形」狀的育苗區，然後把泡過水而且已經發芽的穀子均勻地撒在育苗區。等到秧苗長成約十公分高，就可以「正式」的插秧了。插秧的人力資源跟割稻時的「交換工」一樣。排定插秧的當天清晨，天色還是一片昏暗的時候，媽媽便得到育苗區將秧苗鏟起來，整齊擺放在竹編且鏤空的圓形容器裡。那把鏟秧苗的工具，外形像是吃布丁的小湯匙。媽媽蹲在育苗區裡鏟起一片片連土的秧苗，整片的泥土看起來有點像薄片起司，鏟秧苗的技術可專業了；鏟起的泥土太薄，會傷害秧苗的根，鏟起的泥土太厚，會傷害農人插秧時使勁的拇指肌肉和指甲。鏟起的秧苗必須由內而外成螺旋狀的擺放在圓形容器裡，插秧的農人再把秧苗放在圓形的鐵桶裡。

媽媽鏟秧苗的同時，爸爸便拿著裝有十六個木輪的畫線器在稻田裡來回走動，畫出秧苗栽種的位置。農人插秧的時候，只要順著線，將圓形鐵桶放在腳邊，倒退著走，把手上的秧苗栽種在稻田裡。我通常負責「接秧」的工作，當農人鐵桶裡的秧苗用完了，而且尚未到達水田的另一端，我負責在田埂邊把秧苗傳給他們。站在田埂邊，原本深褐色的稻田慢慢滲出一片翠綠，他們彎著腰比賽似的把秧苗插在稻田中。田裡面的水不停的泛起陣陣漣漪，翠綠的秧苗像是打翻的墨汁在深褐色的畫布上慢慢蔭開，翠綠的秧苗在深褐色的泥土襯托下更顯蒼翠鮮綠。

我是翱翔在天空的風箏，故鄉是拉扯風箏的線，父母是緊握住線的雙手。風箏飛得愈高，雙手愈握愈緊；等風箏飛累了，再慢慢把線收回來。我常想：風箏累了，可以休息，如果雙手累了，風箏就只能隨風而逝，在浩瀚的天空流浪。記得到臺北師專求學的那年暑假，爸爸陪伴我到學校參加新生訓練。臨行前，媽媽送我們到火車站，火車進站後，我們上了火車，找到自己的座位。我緊緊的依偎在車窗旁尋找熟悉的身影，媽媽站在遠遠的月臺上揮手。火車緩緩駛動後，她一邊揮手一邊追著火車跑，嘴唇不斷的啟合。朦朧的淚光中，彷彿看到她的眼淚像一朵朵小白花飄落在月臺上。當天夜裡，只感覺枕頭濕漉漉的，爸媽的身影不斷在腦海中盤旋，火車站那一幕不停的重播直到頭昏眼花，才迷迷糊糊的睡著。這麼多年來，只要搭上南下返鄉的火車，心情便覺得特別輕鬆愉快，車窗外的景象如一幕幕的影片，不管情節是什麼？總令我心曠情怡，因為家就在前方。想起故鄉的聲聲呼喚，不論多麼疲累不堪，那種不自覺的笑意，總會在嘴角輕輕揚起。北上的火車載滿思親與鄉愁，一口氣總憋著，怎麼用力吐，也吐不出氣來。車窗只是車窗，而鐵軌也只是鐵軌。

在陌生的城市生根，一直努力尋找類似故鄉的景物，河堤是我唯一覺得熟悉的地方。秋天的夜晚是那麼的熱鬧啊！漫步在河堤上，躲在草叢中不知名的蟲兒，盡情的唱歌如同舉辦一場盛大的演唱會。河的對岸，千萬盞閃爍的燈光倒映在河面上，微風徐徐，波光粼粼像極了舞動曼妙身軀的少女。在燈光閃爍的河面上，我終於找到那顆燦爛如珍珠的星星；也看到父母慈祥的笑容。

釀文學197　PG1553

黃金穀進行曲

作　　者	何元亨
責任編輯	陳倚峰
圖文排版	周政緯
封面設計	蔡瑋筠

出版策劃	釀出版
製作發行	秀威資訊科技股份有限公司 114 台北市內湖區瑞光路76巷65號1樓 電話：+886-2-2796-3638　傳真：+886-2-2796-1377 服務信箱：service@showwe.com.tw http://www.showwe.com.tw
郵政劃撥	19563868　戶名：秀威資訊科技股份有限公司
展售門市	國家書店【松江門市】 104 台北市中山區松江路209號1樓 電話：+886-2-2518-0207　傳真：+886-2-2518-0778
網路訂購	秀威網路書店：http://www.bodbooks.com.tw 國家網路書店：http://www.govbooks.com.tw
法律顧問	毛國樑　律師
總 經 銷	聯合發行股份有限公司 231新北市新店區寶橋路235巷6弄6號4F 電話：+886-2-2917-8022　傳真：+886-2-2915-6275

出版日期	2016年6月　BOD一版
定　　價	230元

國家圖書館出版品預行編目

黃金穀進行曲 / 何元亨著. -- 一版. -- 臺北市 :
釀出版, 2016.06
面 ; 公分
BOD版
ISBN 978-986-445-109-8(平裝)

855 105005952

讀者回函卡

感謝您購買本書，為提升服務品質，請填妥以下資料，將讀者回函卡直接寄回或傳真本公司，收到您的寶貴意見後，我們會收藏記錄及檢討，謝謝！如您需要了解本公司最新出版書目、購書優惠或企劃活動，歡迎您上網查詢或下載相關資料：http:// www.showwe.com.tw

您購買的書名：＿＿＿＿＿＿＿＿＿＿＿＿＿＿＿＿＿＿＿＿

出生日期：＿＿＿＿年＿＿＿＿月＿＿＿＿日

學歷：□高中（含）以下　□大專　□研究所（含）以上

職業：□製造業　□金融業　□資訊業　□軍警　□傳播業　□自由業

□服務業　□公務員　□教職　□學生　□家管　□其它＿＿＿

購書地點：□網路書店　□實體書店　□書展　□郵購　□贈閱　□其他

您從何得知本書的消息？

□網路書店　□實體書店　□網路搜尋　□電子報　□書訊　□雜誌

□傳播媒體　□親友推薦　□網站推薦　□部落格　□其他＿＿＿＿＿

您對本書的評價：（請填代號　1.非常滿意　2.滿意　3.尚可　4.再改進）

封面設計＿＿　版面編排＿＿　內容＿＿　文／譯筆＿＿　價格＿＿

讀完書後您覺得：

□很有收穫　□有收穫　□收穫不多　□沒收穫

對我們的建議：＿＿＿＿＿＿＿＿＿＿＿＿＿＿＿＿＿＿＿＿

＿＿＿＿＿＿＿＿＿＿＿＿＿＿＿＿＿＿＿＿＿＿＿＿＿＿

＿＿＿＿＿＿＿＿＿＿＿＿＿＿＿＿＿＿＿＿＿＿＿＿＿＿

＿＿＿＿＿＿＿＿＿＿＿＿＿＿＿＿＿＿＿＿＿＿＿＿＿＿

請貼
郵票

11466
台北市內湖區瑞光路 76 巷 65 號 1 樓
秀威資訊科技股份有限公司 收
BOD 數位出版事業部

（請沿線對折寄回，謝謝！）

姓　　名：＿＿＿＿＿＿＿＿　年齡：＿＿＿＿　性別：□女　□男

郵遞區號：□□□□□

地　　址：＿＿＿＿＿＿＿＿＿＿＿＿＿＿＿＿

聯絡電話：(日)＿＿＿＿＿＿＿＿ (夜)＿＿＿＿＿＿＿＿

E-mail：＿＿＿＿＿＿＿＿＿＿＿＿＿＿＿＿